珞珈诗派

贰|零|壹|捌

主编 吴晓 李浩

长江出版传媒

长江文艺出版社

图书在版编目（ＣＩＰ）数据

珞珈诗派.2018 / 吴晓，李浩主编. -- 武汉 : 长江文艺出版社，2018.5

ISBN 978-7-5702-0331-4

Ⅰ.①珞… Ⅱ.①吴… ②李…Ⅲ.①诗集－中国－当代Ⅳ.①I227

中国版本图书馆CIP数据核字(2018)第057904号

责任编辑：胡 璇 谈 骁　　　　　责任校对：陈 琪
装帧设计：风雅颂文化传媒　　　　责任印制：邱 莉 胡丽平

出　　版：长江出版传媒 ｜ 长江文艺出版社
地　　址：武汉市雄楚大街268号　　　　邮编：430070
发　　行：长江文艺出版社
电　　话：027—87679360
http://www.cjlap.com
印　　刷：深圳市德信美印刷有限公司

开　　本：880毫米×1160毫米　　1/32　　印　张：11
版　　次：2018年5月第1版　　　　　2018年5月第1次印刷
字　　数：8384行

定价：48.00元

目录
CONTENTS

目录
CONTENTS

目录
CONTENTS

上河的诗

上河，原名杨帆，江苏南通人，1993 年生。现为武汉大学哲学学院研究生。

古梅园的雪

暗香桥。从唐时
我们穹顶遗落的
银，注定要席卷
远山、水泥堤岸
将止于诗诵的后代
葬进雀巢。而这外面
或称之为古老的反面
是雪。古梅园的雪
雪中的天空，几乎触到了湖面
像这画室，低沉，却不乏
笋的新鲜；像潜龙勿用
当生活的卷刃，重新割破
满山翠柏的围拢
我们在亭中坐着，仍金鱼般
谈论古诗……直到豁然锄去了
虬枝技法，震颤着
进入雪中画梅的人

诗与骑行：从凌波门到放鹰台

夜色拍打低岸，盘旋的鹰，和桃花
落得更远。我们骑行，用地平线分割
世界，用身体中隐秘的光辉重新照亮
你：瘦削的背脊，几乎是一把弓。

放鹰台的风摇开湖面，也打磨我们的脸，
而那守夜人早因剑气化作了岩石。他将醒来
将和众多的他一起醒来迎风邀月喝花间酒？
不过，这不碍事，变速器，已紧紧握在
我们手中，要屏住呼吸，聆听

轴心里的节奏。当你知晓坡度，舌抵上颚，吐出
"灯——"：那字句显现，在远山如眉里，在激动的
钢鳞片上。就连深陷湖底的，也似乎登上了
这夜之蝙蝠，在他岩石般的托举和城市之光中
我们缓缓刹住车。

化石

我们之间仍保有坚硬的、像骨骼不可磨灭的部分：
夜晚硬得危险，月亮是一枚沿着牙床摸索的红指甲。

与溯洄的昙花、在腰间掩映江山的指纹不同，
无机物了悟生死，它们不遗传什么，也不去感觉

易朽的一枚吻，多深，也只能落在头骨的外包装上；
"百年之后，我们不一定都是灰尘"，你要知道：

与空气隔绝，腐烂便会放慢。当我们那些坚硬的部分，
甚至我们本身，恰恰被炙热的泥沙掩埋，烘干了水分，

在透风的间隙躺着，多么惬意，还能做梦——
瞧，我渴望的地下水，它们迟缓，嬉游，像蝶尾金鱼，

咀嚼享不尽的花岗岩，而矿物质很可能掌握了天机，
不必等我们腐烂、解体，只要是稀松的有机洞穴，

就轻扣一声，钻进去，那些坚硬的部分便得以保存，成为
化石。一定要慢！电子显微镜才能看清我们精致的

慢动作结构。就这样躺着吧，你再也不能失去什么，
日久天长，骨骼的重量，还会不断增加。

山魈的诗

　　山魈，原名王丹妹，生于 1992 年 12 月 10 日。本科毕业于武汉大学文学院，研究生毕业于香港中文大学中国研究专业。曾获 2015 华语短诗大赛一等奖。

弟弟

最近寒流来得乍猛
弟弟也变得有些特别

他自言自语，眼睛开始褪色
他预言了一种进程的启动
某月某日，有雪，为续一周的雨
狗会临产（精确到了某时）

以及某地尚未被发现的最壮观的花田
将彻底地自动消失

弟弟争分夺秒地绘制一幅床一般大的图表
他不去学校，不吃饭，不踢球
因为据说两周前一只麻雀对他开了口
说时日无多，动作要抓紧云云

我偷看过那张图表
在 S 地的地震和 M 国的议会选举之间
找到了父亲的破产，母亲的心病，还有我日暮西山的野心
（标注：她的欲念将毁于一旦，浪费时间是笃定的结果）

我们呵斥他，干扰他，但从他流星不停划过的眼里
相信了一些可能真的会发生的事情

昨夜凌晨三点二十秒，狗被腹痛惊醒
它爬到床前，弄醒了我
我冲到弟弟房间，他眼里流星已灭，莫名其妙地看着窗外

我找不到图表，一无所获

窗外，雪厚得已经积满台阶
顶住了门口

蓝色的李淑芳

李淑芳出生前该下而没有下的
李淑芳出生后不该下所以没有下的
还有 1992 年 12 月 10 日没能赶上趟儿的

雨水穿过很多层向今夜的雨水汇来

四面八方统统变作水
年画、灶台、门上倒贴的"福"字变成了蓝色
李淑芳也变成静静的、蓝色的李淑芳
佛像一头栽倒，电灯"呲"地熄灭
月亮落水然后水变成了一片金光

她无意发出指令，可马蹄声已要破门而入
她一直都不缺什么：金子发簪、红色的婚衣
难产、挨饿、白事也参加了几次
剪得一手好窗花，还有一尊小小的带台基的阿弥陀佛
苦的，乐的，她一直不缺什么

可她拥有过一次
真正的狂喜和绝望吗？
她伟大过哪怕只是一次吗？

她可曾大彻大悟？哪怕是假的？

老天欠了她的
在李淑芳 1992 年 12 月 10 日出生那一晚就知道了
在事物开始奇怪地酝酿水意，地底的千军万马被召唤时，
老天爷，而不是她的父母，就知道了

搬山

她总是兴致勃勃地
哪都飞旋着她的影子
屋里屋外，越河翻山
白昼都被捅破好几个窟窿

她撞疼了白昼，只能自食其果
人们也不怪罪她
她丑陋，没人注意过她
况且她忙里忙外经营的
不过是假象
就算是现实的一种
也是最不堪忍受的

给她带来最大耻辱的
恰恰是一颗明亮的狮心
在那个破败的小屋里
一筐筐泥土，一罐罐雨水
墙上钉满的稿纸
告示了一个惊天的秘密

除了死，她选择了自我欺瞒
于是计划，行动，失败
不可挽回地循环
直到她化成一摊泥水
搬山的报复没有实现一半

我要讲的就是这么一个粗糙的故事
逻辑简单而愚蠢
你们忘记也罢，但
不妨去找月亮做个见证

因为狮心映明月
她总是在白昼实践对月亮起的誓
这是最不可原谅的天真

马竹的诗

马竹，男，中国作家协会会员、湖北省作家协会全委委员、武汉作家协会全委委员、湖北广播电视台专业编剧。1985年7月毕业于武汉大学中文系。从事影视编剧、文学创作和艺术研究。发表小说、诗歌、散文、文论、影视剧本等作品近六百万字。主要代表作有中篇小说《红尘三米》《荷花赋》《芦苇花》《竹枝词》《父亲不哭》《戒指印》《南水北往》《巢林一枝》《贵妃芒》等，作品多次被《新华文摘》《小说选刊》《小说月报》《北京文学》等刊物转载，入选多种出版物。影视代表作有《山那边是高坪》《汈汊湖风暴》《大汉口家族》《红土情》等，在中央电视台等和全国各地电视台播映。小说作品多次进入中国中篇小说排行榜并曾荣获长江文艺优秀小说奖、芳草文学奖、第四届湖北文学奖、第七届屈原文艺奖等奖项。有长江文艺出版社出版的《马竹作品精选》。

风吹文字动

风不是相
不是动相也不是静相
风无色
无声无香无味
无触无法
风不著相，故名风
是非风

风在法性寺被两个僧人看到了
一个说风动，一个说幡动
风在法性寺被六祖惠能听到了
六祖说仁者心动
风不动幡不动，心动不动
风不吹动，风在哪里，风是怎样

佛说般若，即非般若
是名般若

不变

砚重，是承受黑
纸轻，既明又白
比纸更轻的是毛，尤其胎毛
每当执笔
万相都在轻重之间

天不亮写的字横生天趣
天黑尽写的字陡增拙趣
所谓天拙媚雅
砚和纸呼应笔与墨
观照这三千大世界
苦厄无尽
如何度脱

问一个写字者什么叫禅
回答仅有一字：写
问写什么才能禅定入门
回答可能两个字：不变

王兴国的诗

　　王兴国，生于 1965 年，湖北石首市人，1992 年毕业于武汉大学中文系，20 世纪 80 年代开始诗歌创作，亦有小说、散文、文学评论散见于报刊，现供职于湖北某省直单位。

半夜读一首诗

半夜无声
逍遥地游过梦境之后
于一团红烛里看见白天的伤口
这首诗正注视着我
它雪白的身体同样充满折痕
我激动地抚摸它们
它与我有着类似的经历
难友一般相互倾诉
有一些褪色的往事
冥冥中发出最初的光亮
很像童年的渔灯或者萤火

它们在白天不能燃烧
在白天我无暇抚摸伤口
因此
我只能在晚上读懂这首诗

青岛的云

秦始皇还屹立在琅琊台上
等待徐福的船队
琴岛每天都在黄海边弹唱
胶东湾的白沙越来越细
姑娘的黑发越来越迷人

老火车站的钟声随风而来
青岛的时间　历史
可以穿越城市
直射你的脸

有一艘潜艇突然冒出脊背
侵略者早已被击沉了
八大关的绿树红瓦依旧
院落有深有浅
海里的鱼群和岸上的人
越来越多

我看见
青岛的云和海水
朝同一个方向远去
指引着一群帆船

雾中的村庄

房子和树均以各自为中心
陷入深沉的思考
雾已超出农民的想象
让村庄的一切彼此孤独

这时鸟鸣可以穿透一切
还有水的歌吟
在雾中
明朗的村庄留下这些语言

走进雾中的村庄
没有太阳的容颜云的衣裳
归来的流浪者
无法体验回家的感觉

而大雾会又一次让村庄陷落
流浪者
注定只有远走他乡
他的生命永远在路上

王法艇的诗

　　王法艇，武汉大学中文系毕业，鲁迅文学院第三十二届中青年作家高研班学员，中国作家协会会员，作品在《人民文学》《收获》《中国作家》《诗刊》《人民日报》《光明日报》《联合报》等报刊发表。

酥油花

阿拉善的羊群进入了冬季
酥油花从夏天就挣扎着茂盛
一尊佛如水静止，黄昏的金
淋漓壁上的经文

在空旷寂寥的北风里
花开是盛大的秘密
那些散开的声音，匍匐大地
像佛陀，更像天际中的光华
哪怕最小的禅院
也能分泌无量的悲悯

更多的时候，诗歌和经卷一样展铺
可以抚慰荒芜和喜乐
经筒无语，法台温热
晚风吹亮的酥油花
无法种植更深的词语
一串星月，萨提烛照
万物无恙，慈悲滋滋
诗人啊，蒺藜编制的桂冠
如同发芽的玛尼石
喇嘛肃穆，将最热的泪
洒落世间漉尘和苦难之上

王家铭的诗

王家铭，1989 年 3 月生于福建泉州。本科毕业于武汉大学中文系，文艺学硕士。现居北京，供职于中国诗歌网。

Sonata

更安静了。像一个人从山谷中来，
单色气球贴着峭岩升起。
那为你拂走黑暗的，
不是音乐，
是果实轻坠，
蔓藤花缠在湿头发。

平安夜速写

甚至一捧塑料花也掩不住假面，谁会因为无聊而自杀？
成为旧居的石门于是被披了灰氅，成为枯干的植物并呼吁对死负责。
叶鞘里丢出来两条线路，虽然胡同的复眼折进了砂纸。
而摩挲的手窃走暧昧，每个商店是小型文库，有人把无聊填满了噪声。

忍耐

餐后，离开人群
踩在江南冬天的田埂，
你望向天空——那自闭的钟摆
碾出几道深辙。
苔痕，寒枝，密岭，
白荷，松菌，青柏。
游魂学会忍耐。

年轻

每一天
都是这样焦虑,
似乎我已不再年轻。
(我还年轻,
偶尔怀有春梦。)
临睡前,一个声音说:
请继续焦虑,
继续无望,无措,
请叫那预言成真,
灵魂在梦里变空。

雾中风景

篱笆上结起了柿子,红色的,
在晚风中获得她的形状:
一种内向的纯粹
和绝望的本能。因为目光
是从高处凝聚,像辨认异性面容。
多少理解了,这窗外的灰霾,
这风暴的翻越!

雨前

但是阴影指示了肩卧的一侧,回忆晚餐吃过黄桃,

又吐出褶皱手指的皮。吹风机鼓舞一张猫脸，
雷电预警替代黄色高温。以及短讯中电流的秘吻。

但是人形在相片里晾头发，因遥远而忍受羞愧。
我有一扇木门开动在书页，递给你前世小拇指。
如梦中饮水，空瓶里签到，一张废纸翻覆。

我们的身份多么可疑！齿间的火要点燃两次。
师妹从武昌返鄂西，听夏天的云诉苦，早隐身。
而辞格悬在山泉倒出，像金钟收拾沉郁的时刻。

但是午夜滚满了斜坡，玫瑰空掷埋进咸味，
我有渴念飞跑在神像的刨花。为一颗星的城府
为积雨云，为早熟的梦浪。仿佛海水打翻灯盏。

夜游岳麓山
——兼赠光启、李浩、朱赫

夜晚的长沙沉睡在江流的一段，遥遥的街心无限延伸，
似轻飘飘的记忆，一个到处留下痕迹的梦影
把我们托举到了山脚。书院牌坊，其实是在校园外，
但何处是妙门的界限？隐秘的热量里拧出了水，因为盲目
而多了两分欢愉。这是跟自我话别的时刻，越过石阶翻过山坡我们
团结在初夏的一隅。这是黑暗笼罩却能目视一切的时刻，
凭借谨慎、耐心和勇气，山麓绵绵自低垂的星空流出。
在爱晚亭你把电话拨给了友人，肺腑被凉风灌满像是
蒲草填满了无名的泉潭。还要说起爱人在此读书的岁月
那种感觉，仿佛命运的鼓点把诗歌诞生。仿佛这蓝蓝的星球

只剩下亲密的关系。说如何在一条旧路里辨认出
陌生的惊异，无忧虑的思忖顺着藤蔓爬伸
到小广场，到佛学院的檐铃，使人心情柔和。
然而永恒的童年引领我们上升，就像江右多义士，无名的碑墓
非治史者不知一二。要经历多少失败，
才知道这一生都空落在草木的灰寂里。要迎着犬吠踏上
裸露的黑石，相信前路意味着安全、从容和理解。
这也是清夜里友谊的波轨："乌溜溜的黑眼珠……"
乌溜溜的鹿蹄通往乱皱皱的阡陌——在三分之二山腰，
凌晨两点三十四分，月晕层环叠扣，声音流逝之外，
突然闪亮的江对岸竟然把近处的草叶照得靛蓝，
无法克制的泉声注满了耳郭。我倦于寻找下山的路，
斜径如锯齿，水洼合围平地，松林有回声让人幻听，
不如在此等候黎明到来？可有湘地巫觋，采夜游者的魂魄入药？
可有狸猫的影子，优越它的敏捷与视力？
想象白天会议真诚的讨论、顺遂心志的发挥，只好从野路
碰惊险的运气，毕竟要在不断满溢的黑暗里
分辨银河须臾的光亮。亲爱的友人，
你听见我们的脚步
掀起了窸窣涌动的波浪，是踩断枯枝的声音，
是多年黄叶薄脆、优柔。你看见小蟾蜍躲进了保护色，
云彩流经舒缓的天幕，你知道我们心底最后的黯淡消逝了。
临近四点钟，山路在身后恍如梦境，矮平房指着人间近在眼前。
师范大学、图书馆、出版社兀然耸立，楼道的光亮清辉掩映，
终于下山来像是用全部的记忆拨出了又一个号码。
晚班的士把我们带往城市最后的清醒，湖南米粉和疲倦的摊贩
都是这个世界屏息的一瞬里，轻轻扬起的美与温柔。
我突然感到自己理解了某种歧义：多年相识
有真实的满足，不是在修辞里划桨，不是为知识抛出锚尖，

而是像在夜半淋浴，享受欢会后的幽眇——
这如期而至的生活。

王家新的诗

王家新，诗人，诗歌评论家，翻译家，中国人民大学文学院教授。著有诗集《纪念》《游动悬崖》《王家新的诗》《未完成的诗》、诗论随笔《人与世界的相遇》《夜莺在它自己的时代》《没有英雄的诗》《坐矮板凳的天使》《取道斯德哥尔摩》《为凤凰找寻栖所：现代诗歌论集》、翻译集《保罗·策兰诗文选》（合译）等。王家新的诗歌创作和诗学随笔文字均受到广泛关注，被视为"朦胧诗"后最重要的诗人之一和当代最有影响力的诗人评论家之一。

如果

如果我没有呼吸过成吨的冷空气
我也就没在北京生活这么多年

如果我不赞颂这冬日之光
我就会死无葬身之地

如果爱不比死更冷
它不会燃烧

如果路面上还未渗出白碱或霜粒
有一种语言就不会到来

2017.12

灰，绿

"绿啊我多么希望你绿"
——洛尔迦

四月初
恰好是在这雾霾天
街道的两侧都绿了
抬头看，灰蒙蒙的天
走近看，一棵棵银杏树在绽放新绿
像是某种演奏开始

（想想吧，纵然是杨柳的枝条
最先变得柔软）
而我走上街边的人行道
任这四月的灰与绿
合写着春天的序言
身边或迎面来的行人依旧匆匆
戴着或不戴口罩
而一支谣曲开始为我呜咽
灰啊灰，奥斯维辛的灰
庞培火山的灰
天津大爆炸的灰
策兰词语中的灰
心的灰
喉咙里的灰，年年冬天
那冲天巨炉为我们喷吐的灰
而绿啊绿，梦游人的绿
从灰暗中挣脱出的绿
太阳喝下的绿
前往火葬场路上涌现的绿
你眼睛深处的绿
你口含橄榄枝叶的绿
我走着，我的灰和我一起走着
我的忠实的绿也和我一起走着
我走着，我走向灰
而你走向绿
来吧，让我们一起来看
那从大海上飞溅的灰绿
从一只猫眼中变出的灰绿
红灯过后，那重又呼吸的绿……
我们的陈超："转世的桃花五朵"

我们的洛尔迦：灰又绿
我们的季节，灰，灰
我们的誓言，绿，绿……

2017.4.1

黎明五点钟

黎明五点钟，失眠人重又坐到桌前。
堆满的烟灰缸。与幽灵的彻夜交谈。楼道里
离别的脚步声。如果我有了视力，
那是因为我从一个悲痛之海里渐渐浮出。
第一班电车早在一个世纪前就开过了，
鸟巢里仍充满尚未孵化的幽暗。
在黎明五点钟，只有劳改犯出门看到
天际透出的一抹苍白的蓝，
也有人挣扎了一夜（比如我的母亲），并最终
停止呼吸，在黎明五点钟，在这——
如同心电图一样抖颤的分界线。

2018.1.8

法罗岛，伯格曼故居和工作室

那已是一片由松林和寂静
守护的禁地。

我们从木栅后门潜入，
那辆深红色的老牌奔驰车还在，
好像仍在等着它高大、佝偻着腰的主人。

一道布满青苔的石头垒成的长长围墙
在将什么分开。

没有什么野草莓。
那不时从松林透来的海风，
在搅动我们的思绪。

而所有看过的他的电影，
此时如同一卷烧煳了的胶片，
在讲着另一个同样的故事。

每一块石头都获得了分量，
每一棵树的影子都捉摸不定。

而当我们踮脚绕到屋子前面，那就是
大师在晚年独自为伴的大海了——

到了那里，波光粼粼，犹在镜中，
蓝蓝说她看到了父亲。

我们静得甚至已听不见自己的脚步，
但我是否听到了"上帝的沉默"？

我听到的，是冬季最猛烈的狂风
在这夏日里发出的回响。

我听到的，是那架古老的挂钟
在"童年的深渊"中震动出的声音。

而当我们再次绕到后门离去，
我最后一次看到的，仍是那道
布满青苔的石头垒成的长长围墙——

像是一句插入语，带着不可打破的
光亮和阴影，从此进入我的生命。

2009.8.27，瑞典哥特兰
2018.1.6，改

故乡的雪
　　——献给我的母亲

"下雪了！"
"好些年没下这么大的雪了！"
一早起来，微信上尽是
弟妹们兴奋传来的消息。
怎么会呢（我看看窗外），但它发生了——
那来自"雪乡"的一张张照片，
孩子们打雪仗和一个中年妇女
　追赶公共汽车时仰面摔倒的视频……
我又听到来自故乡的欢笑声。
我再也坐不住了。
我走下楼。我走在北京干冷的街道上。

我走在我故乡的大雪中。
下吧，让北方的雪下在南方，
下在它的每一道山岭，每一处河湾，
每一座蒙受恩典的屋顶……
多好的雪啊，让它为孩子们下，
为那片干旱土地上的乡亲们下，
为山坡上那一棵棵枝叶焦枯的橘树下，
雪啊，让它也为我离去的母亲而下——
（"天太闷热，睡不着，也吃不下……"
这是我在电话中听到的
她很费力说出的最后的话……）
半年来，我一直忍受住我心头的哀歌，
现在我明白了，我全部的悲痛言辞
也抵不上这一场大雪。
一场多少年来已不再指望的大雪
给您带来了清凉吗，母亲？
我的献诗您已不会去读，也不必读，
但在那座幽静的松柏掩映的墓园里，
您一定感到了这场降雪，是吧？
"头七"过了，百日祭也过了，但我
感到您炽热的骨灰仍不肯冷却。
您辛劳了一生，也被病痛折磨了一生，
您最终接受了您的死亡，在那个
如硫黄一样冒烟的夏夜时分……
弟妹们都说您死前平静，
但是我很难相信。您的死能安慰吗——
您的半瘫半痴呆的丈夫不能，
（"她呢""出去打牌了""哦哦"）
您的常来上坟烧香的儿女们也不能。
只有这雪，这来自茫茫上苍的雪，

这"天空之上的葬礼",
这无言的为了生者也为了死者的雪,
这密密地落在您坟头上的
　让整个世界变得安静的雪——
母亲,今晚,您就好好睡一觉吧。
母亲,这雪将永远为您而下。

2018.1.4,北京

王新才的诗

王新才，男，1965年生于湖北汉川，1985年、1988年及1994年毕业于武汉大学图书情报学院（今信息管理学院），分获学士、硕士及博士学位。现为武汉大学图书馆馆长，信息管理学院教授，兼任中国图书馆学会常务理事，湖北省高校图工委副主任兼秘书长，及武汉珞珈诗派研究会会长等。诗作散见于《诗刊·子曰》、《芳草》及亚特兰大《新报》等海内外报刊。

我时常想象着一道门

我时常想象着一道门
只要一推开
就是一个初夏的清晨
一个小男孩坐于后院
有些微寒，有些薄雾
还有两只斑鸠咕咕的叫声

我时常想象着一道门
只要一推开
就有一段美妙的青春
一个秋夜，一座山顶
人迹稀少，四下虫鸣
一条长椅上，一边是女孩
一边是男生
男生的手伸出，举在女孩身后
他的手迟迟没有落下
而错过了那一刻，也就错过了这一生

细雨

一群小伙，追着球，跑动在操场
细雨从云端下来，追着他们，流动在他们的脸庞
我坐在场边，看着他们跑动
细雨跑过来，打湿了我的衣裳

细雨从云端下来，追着小伙
汗水流动在他们的脸庞
细雨从云端下来，跑向我
雨水打湿了我的衣裳

细雨从云端下来
雨水打湿了一段时光
细雨从云端跑向我
泪水打湿了我的脸庞

哦，雨水打湿了一段旧日时光
泪水打湿了我日渐苍老的脸庞

车延高的诗

车延高，1956年生于山东莱阳，现居武汉。中国作家协会会员。2010年获鲁迅文学奖诗歌奖。著有诗集《日子就是江山》《把黎明惊醒》《向往温暖》《车延高自选集》《灵感狭路相逢》等。

哑妹

我发现
能说会道的人太多
我还发现
太阳、月亮不说话
观音菩萨不说话
圣母不说话
有一对翅膀的天使也不说话
所以你不要难过
下一世我去找你，找一个干净地方
把所有的声音赶走
只剩一块条石，还有你我
对坐
我闭口
就听你一个人说
先说说有口难言的痛
再说那个把爱挂在嘴边的人
是怎样欺骗了你

拴马桩

拴过一条路，拴过桀骜不驯
拴过一支军队或商队，拴过皇上的坐骑
有时，拴一段历史
拴住败走麦城的马蹄
遗憾的是

拴不住霸王的脾气
拴不住英雄和美人爱过的
江山

忘不了

站台和花圃无关
列车门边怎么开那么艳丽的花

火车起动
我感觉不是一个人离开
是整个江南走远

那个把自己打扮成江南
又让江南美得和自己一样的女孩
朝我笑着，笑得没心没肺

到列车转弯，看不见时
心就空了
只剩下她笑的样子

后来的日子，我一直想
要找到什么

才能把这个空填上

夜色

很漂亮的邀约，不等唇与花碰杯
花间一壶酒醉了

躺在地上的全是月光
东倒西歪的诗句扶不起自己的影子
吟唱的人被酒香架走
不在云里，也没去雾里

海离离，礁石把潮声碰碎
缄默
分娩长长的痛，野心出世
披一件迷离的眼神

风过来，给两岸芦花宽衣解带
埋伏是被埋伏的轮廓
天边无手
谁摘去了几粒子夜的星星

夜色已薄，像酒醒后的脸
吞服露珠的药水，生怕失忆
突然记起昨夜，无节制的杯盘狼藉

就感觉此刻夜色最好
人搁下了一切，也把自己搁在床上

合掌，祈祷就此凝固
害怕又去应对流水的宴席

真真假假，假假真真

在适当的距离看你一眼

三十年后的一天
我会依约去那个小镇见你
先去河边，再找那块石头

那时我已经老了，坐在曾经坐过的地方
等风韵犹存的你走来
用陌生的眼神打量一位老人

我会在适当的距离认真看你一眼
埋头，让泪把自己和当年遮住
得陇望蜀的眼睛从此不再读诗

今后的日子，不做太多的事情
学会在孤独中忏悔
把你流过的泪
翻译成一种彻底的微笑

这张脸

这张脸简单，回眸的眼神说
如果你还爱我
就让灵魂捧一束花来

这时春天死了我都不怕
皑皑的白雪是我给你的世界
没有边缘
你可以牵我的手，就像哥哥
牵着妹妹
咱们什么话都不说
走下去
走到地老天荒，最后
一张白纸上
有两个并肩休息的句号
这张脸和另一张脸惯性地
贴着

午言的诗

午言，本名许仁浩，1990 年生于湖北恩施，土家族。2017 年毕业于武汉大学，现就读于南开大学文学院，攻读中国现当代文学博士学位。写诗，兼事诗歌批评与翻译，作品少量发表，见载于《诗刊》《星星》《青春》《观物》《长江丛刊》《中国诗歌》等杂志，另有作品收入《珞珈诗派》《中国首部 90 后诗选》等选集。间歇写作，偶有获奖。

秋雨

在北方，秋雨
也开始浩荡。楼下

青色的铺地砖，
几近饱和。

凹欠处蓄成一方
水塘，这倒影天空的

镜子无法抓取
真实：都是反转的

形象。就在学生
谈论鬼天气的时候，

天空闪了几次。
这敞开的事物

将众生沐浴其中，
洗刷——

并收回尘土。
这些雨，最终都会

返回头顶，或再次
以雪的方式

降临。我凝视脚下，
它们就开始

反弹月光，反弹
夜的乌有。

桥

最后，挖掘机开进我的心脏。
连反抗都没有，旁边的几处动脉
就被斩断：那曾被群鸟栖居的枝丫，
如释重负；它们和夕阳一起，
沉下去。

来了一对情侣，他们只看
日落。还不够危险！爱情关系
也未出现转移，而天上惊飞的羽翼
终于让两人拉紧了手。他们
没再往更深处走，挖掘机
也没再出声。

这是我最后一次以残躯目睹
人间，他们再来的时候，
我将沦为一堆碎石，并在心中默念：
"桥：一只飞越死亡的巨大铁鸟。"★

★ 出自特朗斯特罗默《写于 1966 年解冻》。

转场
—— 分赠息为、立扬

"就让我容纳三分之一个宇宙"

三年来最温柔的六月
以傍晚抚过我们，梅雨的气息
在抬升，水滴爬上太阳穴。
街道口修新如旧：一贯的拥堵、嘈杂，
富有力气；我们钻进它，
就像三年前，我们钻进整片盐碱地。
现在，这个傍晚就是好生活：
图南之宴，言笑晏晏。我们
对坐、并坐，慢节奏交响竹筷。
窗外，打探钟点的灯光频频转动，
但杯底的圆早已漾开了去……

经由提醒，我们起身、转场：
从珞瑜路到八一路，脚踏声
轻易就唤出了往事，将要无人问津的
青春。再往前走，一阵旋削的风
催出一句"好天气"；我们终于拥住
这夏夜，东湖又在不远处拥住
我们。今年，命运给予三次更加
辽阔的转场——我们就要相隔数年，
而"数年如零"★。脚下这走了
一千多次的路途，依旧那么
新鲜，有那么多的转折点……

★ 出自狄兰·托马斯《青春呼唤着年轮》。

午后

午后，梦遗失荆州
几丛榴火从浮想中合拢，落地
思维还没来得及拉直
待坐起，窗外升起成群的鸽子
在空中游戏："看他们三三两两，
回环来往，夷犹如意——"★
转眼，凉席从身下沁出水滴
那一只只小蚂蚁，朝半小时前爬去
她在湖边起身，裙摆的褶皱
摇荡纷飞，就像那湾水面
刚刚款待过林间的风
你没法一抖手，就将其抹平
这个午后并未携来急雨，一切
都那么完美，丰盈……
此刻，中心的热烈正在向边缘消退
波纹全都漫过去了，
沿途撒下两把不平整的心情。
这个夏天，每梦一场就
小病一场。尽管事后瘫软，乏力
我仍愿，这缘分如鸽群
"翻身映日，白羽衬青天！"★

★ 均出自胡适《鸽子》。

抵达广州
——给登峰兼记一次考博

从南移向南，潮气自海面
送出月亮，一轮我们无法擦亮的盆舟
沿地图向下，将纬度潜到此处
较高的积温终于占据上风
最先拾起的，无疑是洋紫荆和假槟榔
前者淡紫，硕大，活脱如音符
后者拼接成山脉，笔直，绵延，在
人行道上站军姿。这里全是色彩
一时无法理解的景象；它们
如何通过质检？又怎样叠成形状？
如果我们能把握整栋红楼，就足以
把握这座城市的腐烂、湿答答
和最直接的生长。那些吡吡声中
逸出的分裂活动，也像你我
一样卑微，默默在夜深人静的轨道上
艰难赶路。被轮胎磨平的滨江路
同样黏稠，但我们从未如此
从未在一条异域的水道上绝尘而去
三月的广州会替我们打理：
藏身茶楼，叫一份天鹅榴莲酥
不请自来的水汽秘密临幸，召唤出银鱼
美食令山河退隐，我们在勺子的
反面打磨铜镜；月亮，也在日间
渐次明晰。随之明晰的，还有
浮闪的返场票，和我们的未来时刻

公然的诗

公然，本名周良彪，1960 年代出生，毕业于武汉大学中文系，湖北省作协会员，恩施州作协副主席，现供职于恩施自治州公安局。

石头上行走

决不能忘记
是石头，给我们铺设了古道
铺设了光泽隽永的青石街

草鞋踏过，皮鞋踏过
牛脚踩过，马蹄踩过
流浪的狗跑过

如今，还有什么品质比石头更忠诚
什么路不是石头的路

我们对石头使用了种种手段
开凿、爆破、锤砸、碾压
我们让干什么，石头就干什么

他们被搅碎了，铺在车轮滚滚的铁道边
他们被夯实了，压进道路的最底层
他们被烧成水泥，浇铸成挺拔的桥梁
他们甚至代替古老的电线杆
以石头的形象
我们在石头上行走
或者飞奔
却没有给他们以哪怕是鄙夷的一瞥

谁曾听见过石头的心跳
当大地沉睡，列车飞驰
那有节奏的律动深远而又沉闷

方长安的诗

方长安，1963 年 6 月生，武汉大学文学院副院长，二级教授，武汉大学中国新诗研究中心主任，《长江学术》主编，中国闻一多研究会副会长。主要从事新诗研究，正主持国家社科基金重大项目"中国新诗传播接受文献集成、研究及数据库建设（1917-1949）"；《中国新诗接受史研究》入选国家社科基金成果文库；曾获教育部高校人文社科优秀成果奖，湖北省社科优秀成果一等奖；全国百篇优秀博士论文提名奖指导教师。创作了百余首新诗。

特里尔
——想象为屋

特里尔村落，是遗落千年的
陨石，在山野燃起温暖的炊烟
在同义的画风里张扬着形状与色彩
每一座房子，是声张的生命
他们在绵延的思想中构图
将自我想象为屋，在大地扎根

阳光或阴雨，每一间屋都是它自己
我从东方来，走在不一样的屋间
读着不一样的形式与色彩
陨石古老的声音在山间回荡
我只好用英语与他们比画
特里尔的屋——特里尔灵魂

清晨或黄昏，大雪覆盖着特里尔
这里的大地，坎坷不平
漫天的乌鸦，在寒冷中啼叫
一个中国女孩说，特里尔人
将面包撒在路边，喂养着它们
另一个女孩，雪地里穿着红裙
她说乌鸦是特里尔人的风景

昨夜，我迷路了，寒风扯动着山间
特里尔青年，陌生的眼睛和鼻子
送我回来，他挥动着大拇指走了
那时，我在想，他的屋一定在微笑

秋天，坐在东山头

老人，秋天的午后，坐在东山头
看湖上太阳，听阳光翻书
他记得自己在等一个长发女孩
用他的眼，我看到的是
漫山的石头，雨中细语
他却说是一山的红裙曼舞

我问那个女孩漂亮吗
他说只比阿红白一点
只比三月的樱花轻盈一点
或者比九月的湖水澄净

他微笑了，说那一季，你摇落
满树的黄杏和三千年的山梦
一群少女顾盼中，以你为王
老人有点羞涩，接着说
那位脸像诗经的是他的长发情人
我说，你记错了，我摇落的是
十一月的红叶，我的象形文字

老人说，就是那一年的山上
他写了十万零一首情诗
终于，那个长发女孩
把他领进湖边，那片芦苇
轻轻铺开白色裙子和诗经，然后
她走了，留下他秋天来坐东山头

055

母亲

欧洲山村，寂然无声的午后
呼吸声，自己的，夹杂着寒气
是一把利刃，刺痛僵硬的感觉与语词
我想起您，东方红土覆盖着的母亲
不对，是后山冷土埋葬着的娘
一个连"普通"二字都称不上的女人
不，一个称不上女人的山里母亲
因为，她从未得到过女人该有的快乐
甚至，她根本不知道何为快乐
村头忙到村尾，冬夜忙到凌晨
春花开了，一季，一季，又一季
但她总是饿着自己，穿着补丁衣服

有人深情赞美自己的母亲
说是伟大的母亲，中国的母亲
但我不能这样自欺，我不能让母亲难堪
因为她只知道自己的村庄
她从未听说过中国， 她也不知道什么是伟大
她只是我们兄弟几个的母亲
当然，她埋在中国伟大的大别山里

二十二年了，肉身，在地底无化
可怜的母亲，我是无能为力啊
您虽不伟大，但您是我的唯一
这些年，您与何人为伴啊？黑暗里
善良胆怯如您，可与谁人说话了吗

父亲，她的男人，或者说丈夫
与她之间隔着红军伯父的衣冠冢
隔着她疼爱的第二个儿子的坟墓

生前，没有人想过您是否幸福
死时，也没有人问过您的意愿
我爱您，我是您疼爱的儿子
但我也未曾真正走进您的灵魂
您是不是想要与父亲安葬在一起啊

新婚不久，年纪尚幼的母亲
曾无望地等着抗日的父亲归来
内战时，父亲竟鬼使神差地回来了
我常想，一个文盲怎能从遥远的山东大地
逃回大别山腹地的小山村，父啊
您说过您不想自己人打自己人
您也从未说过自己是团长的逃兵
但我想，您要是为了母亲当逃兵多好啊
您为何不在母亲旁边为自己留一个位置
让她紧挨着你，也许有点热气啊

我的母亲，不是中国伟大的母亲
她可怜到让我无法想象她的内心
她整天劳作，弓着腰，寒风与酷暑
五十岁就已经苍老得像村头的枯树
她曾自言自语——死了也就好了
60 岁时，肾衰竭了，可怜的母亲
一个哺育山野大地本该得到快乐的女人

你知道在中国做一个母亲有多难吗

肉身不是她自己的，是用来劳作的
心还没有成人，却整天担惊害怕
甚至，连哭的时间，都没有
她的灵魂，在饥饿中，萎缩
死，真的是一种解脱，我的母亲

我从小依偎在她身后，怕见生人
母亲去世时，我的天地不知所措
但我还是安慰自己，她不再痛苦了
至今记得，弥留时刻，母亲流泪了
那时，她无助，恐惧，或者是
放不下亲人和有着三个水塘的山村
寒气，破屋，我的心是冬日的一片空白

这些年，我时常忘记了母亲
静寂的大地，无精打采的日头啊
你们是在怨怼我吗？这些年里
我东奔西走，忙得忘记了我自己
今天，在欧洲的山村，我想起了您
石松一样苦难的不在人间的母亲！

黑洞

樟树对那只流泪的鸟说，不是误会
你我感受风和雨的血液不同
你的生命是声音，我活在静静的脉动中
那个正午，我听到了声音后面的呢喃
一个黑洞，原来一直存在着

它突然张开，里面一对裸露的生命
你，张皇失措，说原野里有一匹狼
我知道了，那是你抚爱多年的风景
或者是你声音里的，一匹魔兽

我第一次发现，水边那棵婀娜的杨树
在你的声音中疯长，三年了
我围绕着自己一直吵到现在
你的世界，在打开中闭合，一个黑洞

方书华的诗

　　方书华，1963 年 8 月 23 日生。湖北洪湖市人，毕业于武汉大学中文系。曾当老师、公务员、杂志主编，现为央视财经频道制片人。央视《艺术品投资》《鉴宝》《寻宝》栏目总策划兼主编。1979 年开始发表作品，出版诗集《苹果切片》等。资深媒体人，艺术品投资及鉴赏专家，诗人、书法家。

晚秋的湖岸

这时候，蒿草已经疲倦
蜷曲的身子，斜搭，退潮的坡岸
繁忙已去，那常说的浩渺
约等于一条直线

美酒是岸上最好的集结令
醉意透支湖畔的烟火
碗盘杯盏之间
总有一些残缺和裂纹
渗透于你我的内心
一如蝉，声嘶力竭之后
成为水杉下透亮的空鸣

莲子和菱角被季节冷冻
所有值得挽留的过往
以另一种温度呈现
幸福何其惊险
万劫不复的时候
很多可以回味的爱
在时间的缝隙里死里逃生

寒露浸染岸边的杂草
有谁会捡拾杂草之下的鱼骨
去瞻仰一个绿油油的夏天
冬天已经靠近
浪花遗落，谁会把人世间
行将淡忘的桨声唤醒

晚风中的芦苇，捍卫了
湖边最后的风景
枝叶脱落，芦花用白色
在晨曦中接受风的检视
等候湖水和初雪相遇
等候一场你死我活的爱情

这直立的姿势，告诉所有
蠢蠢欲动的植物们，来年
要用坚贞结出花絮
并以祭祀苍天的高度
树一尊有意义的桅杆

用竹篙撑船

从淤泥中拔出的竹篙
水性逐渐衰减
而难度却在双手中逐步蔓延
收力的时候
船是身体的一部分
要想在飘摇的人世间
稳步前行
适当地让竹篙
蜻蜓点水
飞翔的竹篙自在轻松

不迷恋一种轻巧

过于平滑的双桨浮于表面
父亲说，平衡掌握于心
竹篙让我深知淤泥的黏度
让我从小看到了
水面之下的忧郁
深深浅浅

学会使用竹篙的时候
所有笔直的身影
如荷秆一样激情疯长
那纯粹清新的蒿草
在肥沃的泥巴中生成
以至于少年的清瘦
缺少一种弯腰的韧性

在洪湖，用竹篙撑船
习惯于奔走的剪影
有如一只鸟，用翅膀
抹平了湖面之下的凶险
月永不歇息的波浪
安顿平静如水的圣心

在洪湖，用竹篙撑船
是一个渔人理想的象征
就像愁绪与怀乡
早已被机动的帆船镂空
以至于许多半截的竹篙
成了湖中永久的神灵

欢喜坨

武汉的早点摊，我把你
摆在白砂糖边
早先的荒芜退后
在熙熙攘攘美艳中
月色溢出余晖
你用勇气溢出丰满

一坨没心没肺的糯米团
沾上难分难舍的芝麻之后
便有了说不完道不尽的闲话
飞鸟掠过，美人孤寂
世界辽阔而冷峻

柔弱的话题被无限放大
碰上一点不开心
便会在家长里短里炸出浪花
头顶烟花，怀抱怜悯
油锅里飘出裙摆
飘一个真实的自己
一个千锤百炼的笑容

给自己取一个响亮的名字
是为了告诉世人
欢乐是这一生的荣耀
掏空了心中的块垒
这山水之间
这圆润而敦厚的腰身之间

所有的谈笑，风轻云淡

琥珀手串

潜行于坚如磐石的山水之中
你硬如流水的血色从何而来

被凝固的余晖
萦绕于我的脉搏
不能保证，你能用一串余温
点燃那串自在
那串野鹤长鸣

我学着佛的样子
让人间的春水与秋月同在
尘土之间
许多虚空须重新命名

疼痛是最好的归宿
退却三万年，在醉意深处
你我飘零的血骨
也可以点石成金

方雪梅的诗

　　方雪梅　女，一级作家，中国作协会员，长沙市作协副主席，湖南省作协全委会委员，湖南省散文学会副会长，资深副刊编辑，武汉大学新闻学院毕业，曾负笈英伦。出版诗集《结糖果的树》《疼痛的风》，散文集《伦敦玫瑰》《寂寞的香水》《谁在苍茫中》，报告文学集《时代微报告》，文艺评论集《闲品录》，作品被收入多种选本。　"文学湘军三才女"之一。

天还不亮

现在是凌晨
荒寒逼近的时刻
我看到所有的方向
在庞大的寂静中　断裂

天光还没有降临
除了飞雪
花朵不打算为今晚而开
星星流过脸颊
是怕看　一个人的
来路与去路　冰封成蛇

此刻　我听到
夜色在窗帘后低唤
失眠的心　就不用
踩着自己的身影
与疼痛醒来

车过武汉

我与夕阳一起来了
在江上远足
这个枯水时节
好多流走的波浪
再也不会　逆水回来

我读过的樱花
翻页了　那枚四字校徽
还在照片中徜徉
这个当年把故乡按下
又拽出的城市
总是　在回忆里癫狂

窗外的事物
急剧　退场
一不小心　绊倒我几寸肝肠

大湖

离得远了
你就远成了云朵
远成了飞鸟和山峦

踮起一生都够不到天空
我干脆
匍匐成一面大湖
以镜像的　温柔
挽住高亮处缤纷的影子
让所有的远　消弭无形

卢圣虎的诗

卢圣虎，湖北洪湖人。1970年代初期出生，武汉大学历史系毕业，湖北省作家协会会员。著有诗集《天籁中的偶然》《若即若离》《玻璃患者》等多部。现居湖北黄石。

游记

我走过戈壁、丛林、大海
最后归入平原

我必须经历所有遥远
在它们体内完成蝴蝶式的爱恋
然后如叶子落在大地上
随风声遁去
将隐痛和欢乐留下来
一路诱惑人间

我喜欢一览无余的村舍
积攒一生的财产必将成为雪花
烈士在这里家喻户晓
我已经很满足了
可以取舍人和事
行走进退自如
门前沟渠隐约可现
渺小，清静
饱满如谷粒

雕塑

他们把我立起来
一个仪式宣告英雄诞生
我傻傻地蹲在广场一角

一直微笑着
凝视前方

经过的人从不多看我一眼
我知道他们忙于奔向远方
我在原地守着
用于怀念大多籍籍无名的战友
证明生逢其时

鸟屎拉在我身上
脸庞因风雨更加黑亮
我等着人们归来
宣布我活着

渐行渐远的琴声

本来可以听到小桥流水潺潺
老人歇坐于井边
饮一瓢清凉，与过路者分享
那把冰冷的琴，不愿陪田野复生
喜欢常年风沙的月夜
与戈壁齐鸣
好像弹奏的一段哑音
让挣扎许以道别
那渐行渐远的琴声

简历

简历是自己写的
终究由历史删减

有些人的简历越写越长
记下的是坎坷，不是财富
有些人的简历很短
短得只留一个生动的名字

简历是自己写的
最好留些空白
它是出没江湖的身份证
死了，让别人来念长长的悼词

立扬的诗

立扬,本名王立扬,1991 年生,河南封丘人,2017 年毕业于武汉大学文学院,现居南京。

台球记

1

长一脚，短一脚
我们走在丰富的夜

灯光不阴晦也不柔和
在黑暗中制造精神的幻象

地摊，行人，汽车和广告牌
一切都像比喻。而我们

只是走着，沉默得像牛
深一脚，浅一脚

我们走在时间的缝隙里
言语偶尔提醒我们，就要到了

2

球的撞击声很刺耳
像锋刃划破浓浓的夜

香烟的云雾很重，以至于
它总能氤氲在我们的胸口

穿过烟雾缭绕的，虚幻的时空
我们互相看到年轻的自己

他们是活泼而明确的——
黑球入袋，母球尽量飘逸

夸张的飘逸。喜欢修饰的人生
此刻竟也让人心生羡慕

3

我看到三号球，鲜红的
三号球正在穿越鲜绿的台布

像愈滚愈大的寂静
像愈滚愈大的执念——

它卡在不能活动的袋口
它会在此处，终结一生

我试图摆脱昨晚的梦境：
歇斯底里地，仍是不能记下

一个简单的电话号码
你赢了吗？哦

我赢了，当我突然看到
球桌上仅剩的一摊绿色

4

如果生活由 15 个彩色部分组成

那么，此时我们正在回避的

是第八个（黑色）
面对提问，我不知如何回答

沉默正替代我们的交谈
不远处，老虎机开始吃力地轮转

高杆，低杆，救球和任意球
生活的一切偶然，不过是

我们不能理解的精确结果
不像母球，会停到恰当之处

5

也许我们会突然厌倦
像长途奔波的球抑制不住

停靠的欲望。虽然
对球而言这不是明智的抉择

有人推开了半扇窗
我看到烟雾像灵魂一样

飘了出去。郁积的日子
正是像这样逃离我们的吧

老虎机正在噼里啪啦地呕吐
——它对贪婪的手过敏

6

临行的月亮已到中天
黄又黄的，像历史的胎记

晚风怔住了，一如我们
傻傻地站在树下。

失落的封丘，秋风萧瑟
呵——日落大道的悠悠者

回去的路有十分钟，三个街区
这是我们不能承受的距离

7

风紧了，要下雨了吗？
要了吧，要了

告别
——致珞珈山兼寄息为、午言

丰富一条小径，成长一棵树，
让钟声响起，招来游荡的生灵。
雨水打开天空，风让叶子飞。
多年前我们播下种子，今晚一一收回。

这么沉醉的夜晚，我们比任何人

都多一次。所有的低头都不是沉默，
所有的荒蛮都隐藏。那些闪光的岁月
搭上神明的箭矢，被射向青涩的群山。

而我们在这里等，等时钟把生活
钉在此刻的墙，或者等一块石头，
我们从中刻出历久的温柔。
温柔。雨水打开天空，风让叶子飞。

朱赫的诗

朱赫,诗人,艺术家,1985 年 11 月生于新疆乌鲁木齐,曾就读于武汉大学。现居北京。

青玉案

站在原地　堆积黄昏的静默之石
白色珠玉的声响落进内心
凝视着若隐若现的道路
安息的旷野下起雪

从一个闭合的话题开始
从隐秘的山峰闪过　使我们辽阔
使白昼和夜晚因祷告分割
淹没在重合的阴影中

一道亮光从疏漏的缝隙
滴在暮色消融的水面
穿透雪边寒冷的鸦声
你拔起自己准备顺流而下

诉衷情

偶然重合的时刻你走入孤独园
正如人生空满撞击杯子所射出
密集的箭　穿透月亮的臂膀
触动心头一片隐秘的天台

雨水是否将从星空间的莲蓬上
流淌　辨认出蝉声中长满了苔藓
用柳树的枝条抽取闲散的凌波

并将昨日替代淡泊的往事

干渴的唇在夜晚洒落爱情
震颤木然不动　在深处结根
我们获得喜悦　并没有他人
分享　清风垂落幽谷的叶片

醉花间

当暮霭浸入薄雾依水的土地
种子在深广的雨水尽头
吞下悔恨和爱　吞下内心低语的风絮
或者仰望深秋冷清萧索明月

沉默的姿态循环于宁静的芳香
若干年后亦想起此时以及彼岸
白昼变成了苦涩　难以入酒盏
看镜子是盛开在湖泊中柔软的床铺

月光的漩涡中　我们吞下悔恨和爱
或者仰望深秋冷清萧索
再登上阶梯　建一座失衡的危楼
凭栏处回望自己分离的世界

刘志勇的诗

刘志勇，籍贯贵州威宁，2006 年毕业于武汉大学经济与管理学院工商管理系，硕士研究生学历。曾工作于天津广电集团网络公司战略发展部，国家广电总局设计研究院数字技术研究中心、北京华通网讯科技有限公司，武汉太盛科技有限公司，后自创科技企业武汉汉数科技有限公司，从事互联网大数据相关业务。从1987 年开始业余创作，迄今创作发表诗歌两百余首。

樱花

瓦楞草迎接的第一缕阳光，高于樱花树的上方
灿烂和朴素的风
漫过老图书馆的屋顶，漫过
额头的光
以及黎明的灯影和书声
总是早于珞珈山的鸟鸣
这样三月的清晨
那个曾经在樱花雪里早起的人
一场恰逢时节的春雨，让我想起
遗失在昃字斋的二十岁
那时所憧憬的明天，梦想在生长
读懂樱花，是在它扑簌簌凋落的时候
其实所有的归宿都是为了宁静
像冬天的雪
隔过黑暗的花与水

总是在绽放，总是在凋落
的生命，要赶在百花开放之前
凋落的不是美丽过的时光
凋落的是和别人相似的自己

孙雪的诗

孙雪，女，1973年生，诗人，读诗人，湖北省作家协会会员，中国诗歌学会会员。曾任电视主持人、电视记者、行政文员，现在武汉大学药学院担任实验室秘书。先后发表作品80余万字，发表诗歌600多首，部分诗歌被翻译成英文、俄文、蒙古文等，出版诗集《水戒指》，著有小说《陪你成长》《用爱疗伤》《余香》等。

空巢老爸

狗啊，你温驯地依偎在我的脚边
不离不弃，触动着我的心弦。

围着你的母狗，早跑得不见云烟，
我也孤身一人，和你空守着老屋。

陪我说话吧，空巢是熄火的炉灶，
死灰冰凉，长吁一口气，成霜。

儿女们远离乡村，城市里混口饭菜，
我是自愿卸下的包袱，不忍他们负重蹒跚。

盼着过年见一面，捎上我晾晒的干菜，
一把老骨头是下架的瓜秧，没滋没味了。

想寄些自产的酒菜，新米面，兔肉干。
拿起又放下，我拨响电话，报个地址吧。

他们吧唧着嘴直响，等回家吃个痛快。
你老爸，说不出我想你们，你们想我的话。

远洋的诗

远洋，1962年生，汉族，河南新县人。武汉大学毕业。中国作家协会会员。1980年开始创作并发表作品，出版诗集《青春树》《村姑》《大别山情》《空心村》等多部。译诗集《亚当的苹果园》入选"全国2014年文学类100本好书"，《夜舞——西尔维亚·普拉斯诗选》《重建伊甸园——莎朗·奥兹诗选》《水泽女神之歌》《明亮的伏击》均获得广泛好评。获河南省"骏马奖""牡丹杯"奖，湖北省"神州杯"奖，深圳青年文学奖，河南诗人年度大奖，红岩文学"外国诗歌奖"等。

驱魅

终于，我在梦中打败爷爷的鬼魂
这大家庭的缔造者，独裁而冷酷的暴君

他变成一只
藏在潮湿阴冷黑屋里的蝙蝠
上下翻飞，窜来窜去

我手握一把扫帚
把他从结满蛛网积满灰尘的阁楼
赶了出去——

他再也不能用竹根长烟袋
敲击我的脑袋和屁股
拿斧头和铁锹，劈砍我的母亲

在暴风雨的夜里，大发雷霆之怒
冲进来，要杀死我们——
在墙角瑟缩成小麻雀的一家人

梦中我清晰地记起
在我独自一人的守灵之夜
他从棺材里发出的沉重而悠长的三声叹息

梦中我知道他早已死了多年
我驱赶的只是他那不肯离去
依然高高在上、盘踞在屋梁的幽灵

我甚至对他暗暗产生一点小小的怜悯
后来，我看见——
他坐在祖坟山上自己的墓门口
晒太阳，并眯细着眼睛

这个放下屠刀的土皇帝
在念念有词地诵经

毒刺

在这个霾重雾锁的早晨，我想起
春天，阳光中秧苗青青的水田，
我们高挽裤管，赤脚薅秧。

汤根巴来了——那被称为
"搅屎棍"的浑小子——
富农子弟胖明毛跟他一阵耳语，冷不防
挥起竹竿，打在我的裤腿上。

此时我刚发现一根混入秧丛的稗子，
正用脚趾拔去；"咯噔"一响，
有东西在我裤袋里断为两截。

那是父亲给我新买的钢笔，尚未书写过。
断声清脆，令我针扎似的心痛；
父亲星期天挑水灌菜园，
也掉进中学生挖好的陷阱。

打断你的钢笔，在你屁丫里涂抹牛粪，
让教书先生掉进路上的粪坑。
这都是那个年代小伙伴们所做的事情，
弄不懂恨意从何而来。

像嗡嗡嘤嘤的黄蜂，不曾招惹，
竟如此蜇人；今天，我瞥见毒刺
仍在周围眼神里忽隐忽现。

仇恨

"吃商品粮的寄生虫！"他啐着唾沫，
"比老鼠多，比蝗虫多，比稻谷还多！"
他在指桑骂槐，包括我教书的父亲，
因为每年都要向生产队买口粮。
他是亲戚，却对我们一家人
怀着莫名的仇恨。

那是人民公社时代——烈日下，打谷场上
这个有着一张白脸的大队会计
一边挥汗如雨，赶着牛拉碌碡，
然后扬起木锨，簸去尘土，
一边愤怒地要把寄生虫赶尽杀绝。

他脱掉遮太阳的破布斗篷，
赤裸裸的，躺在竹竿搭成的床铺上。
从远处必能看见，这片田野中间，
月亮一般圆圆的，慢慢升起烟雾的打谷场。

在被月光和露水浸湿的夜晚。
他新崭崭的布鞋，被我
点燃熏蚊子的稻草烧了一个洞。
他却宽容地一笑，谅解了我。

我已成为白白胖胖的一个，
他是否还在把寄生虫咒骂——
哦，那咬牙切齿的
刻骨之恨，究竟到什么时候？

在闪电之中照面

在闪电之中照面
在雷殛之时遭逢

铁血时代穿透心胸
沉重依旧大理石天空

狼犬利齿露出寒光
金闪闪太阳鞭舞蛇影

轭　带着响铃叮当
更清脆动听

吃狼奶长大的孩子
变成狱警和刽子手
满脸无辜灿烂笑容

低俗陷阱杀机四伏
泛着酒绿灯红

走出古墓的幽灵
借活尸还魂

乌烟瘴气鸟导师
学堂一片诵经声

人不再噤若寒蝉
岁月却落入深渊

噩梦和欲望纠缠
吞噬一切的黑洞

你只能沿墙壁攀登
牛犊顶橡树
跟大风车作战

摧毁谎言城堡　戳穿
小丑表演
撕破伪善面孔

承受锁链与鹰鹫扑啄

当你的生命变成
一截自燃而焦煳的木炭
唯有点亮风中之烛

黑屋子

黑森林？黑屋子？
蹀躞着几个鬼样的人影
是在下棋么？怎么互相
把刀子捅来捅去？
没有厮杀声，看不见流血
听不到叫喊，也不闻呻吟

闭上眼睛，睁开眼睛
总是闪动着刀光剑影
如此漫漫长夜
仿佛永远不再天明
几个鬼样的人，在一座小黑屋子里
杀得你死我活，难解难分
一直沉默而凶狠地
互相捅刀子
杀来杀去

反复重演，这一个噩梦
这一个没完没了的噩梦
醒来，我的胸口
似乎挨了一刀——
竟无端地深深疼痛……

男女

在各自生锈的铁笼子里
我们相对站立
将脸蒙上一块白布
赤裸着身体

在一条锁链的圈禁里
你赤裸着女性的身体
却顶着男人脑袋
戴上骷髅面具

在各自新漆的木笼子里
闭上眼睛相对站立
我伸出金属机械之手
把你的手寻找触摸

你的手腕吊着砝码
我的脑袋装满齿轮

李少君的诗

李少君，1967年11月生，湖南湘乡人，1989年毕业于武汉大学新闻系，主要著作有《自然集》《草根集》《神降临的小站》等，被誉为"自然诗人"。曾任《天涯》杂志主编，海南省文联副主席，现为《诗刊》副主编，一级作家。

热带雨林

雨幕一拉，就有了热带雨林的气息
细枝绿叶也舒展开来，显得浓郁茂盛
雨水不停地滴下，一条小径通向密林
再加上氤氲的气象，朦胧且深不可测

没有雨，如何能称之为热带雨林呢
在没有雨的季节，整个林子疲软无力
鸟鸣也显得零散，无法唤醒内心的记忆
雨点，是最深刻的一种寂静的怀乡方式

海之传说

伊端坐于中央，星星垂于四野
草虾花蟹和鳗鲡献舞于宫殿
鲸鱼是先行小分队，海鸥踏浪而来
大幕拉开，满天都是星光璀璨

我正坐在海角的礁石上小憩
风帘荡漾，风铃碰响
月光下的海面如琉璃般光滑
我内心的波浪还没有涌动……

然后，她浪花一样粲然而笑
海浪哗然，争相传递
抵达我耳边时已只有一小声呢喃

但就那么一小声，让我从此失魂落魄
成了海天之间的那个为情而流浪者

牙买加船长的自述

对于一个远洋轮船员而言
乘风破浪已内化为我的一种自觉
当我第一次以船长身份率船出海时
我还是有些不由自主的紧张和激动

那次，我们从印度洋起航
汽笛长鸣，巨轮慢慢驶出港口
海面上风平浪静，海天肃然寥廓
整个世界都已做好准备，迎接我们的出行

一只海鸥飞来，在头顶盘旋了好几圈
仿佛专门向我报告一路平安的喜讯
远方有意想不到的惊喜在等候我们
此行一定会一帆风顺勇往直前

我是牙买加人，从小以海为家
父亲就是一个水手，母亲来自欧洲
我是他们码头停靠酒后偷欢的产物
我被像一袋货物一样扔到了这个世上

当远洋轮船员已经十载
我长期穿行于太平洋、印度洋、大西洋

上一次在波斯湾遭遇飓风损失惨重
船长的职责就因此交给了我这个老舵手

果然，此行只有一点小小的风浪和风波
一对情侣船头接吻，趔趄着差点掉入大海
船上餐厅有好几个瓷碗被意外摔破
不过中国人说这个没事，是碎碎平安

这样有惊无险的插曲平添了一些趣味
人生不就是这样由众多经历构成吗？
我庆幸我第一次当船长如此顺利平安

当轮船在伊斯坦布尔下锚之时
我感到我虽然在陆地上普通得无足轻重
但在海上，我拥有了自己的宫殿和王国

戈壁滩，越行越远的那个人

空空荡荡的戈壁滩上
人可以弄出很大的动静
在大风的煽动推动作用下
人可以制造出更大的动静
更不要说顺着风走向戈壁深处的一群人
他们去寻传说中的宝石，争先恐后
很快就不见了人影，消失在远处

但走得最远的那个人
是一个走向了相反方向的人

他也许是被风景吸引
他逆风而行，越走越快
先是消失在戈壁滩边缘的草丛里
最后，彻底从我们视野之中消失了

虞山

每次到虞山，我总是兴冲冲地
直奔山顶，行走一圈，仿佛巡视封地
有时也钻到林子深处去寻幽访古
此地有足够之多的古迹和文物值得勘探
有时则登高望远，近观尚湖，远眺长江
俨然要指点一下江南山水形胜之地
然后，找一处茶馆，悠然地斟一杯清茶
俯瞰人间，猜测香火缭绕的兴福禅寺的方向所在

虞山不高，但其人文高度巍峨
每次登上虞山，我总有一种说不出的满足感
想到历史上如此多的贤人雅士曾云集于此
精神上的满足感就愈加浓郁

多少年过去了，虞山还在那里
青葱黛绿依旧，气定神闲如初
只有我年近半百，心态今非昔比
我现在更喜欢坐在和风习习垂柳轻拂的湖边
隔着粼粼波光，看着眼前的虞山
早年逢山必登的豪情早已烟消云散

忆岛西之海

有些是大海湾，有些是小海沟
比起东部的海，它们要寂寞许多
大多躲在密密麻麻的木麻黄的背后
要穿过大片的野菠萝群才能发现它们
在被人遗忘的季节里，浪花竞相绽放
一朵又一朵独自盛开，独自灿烂
独自汹涌，独自高潮，再独自消散
若有心人不畏险阻光顾，惊艳之余
还会听到它们为你精心演奏的大海的交响曲
和月光的小夜曲……
如果你愿意一直听到天亮
还会获得免费赠送的第一道绚丽晨光

自道

在荒芜的大地上
我只能以山水为诗
在遥远的岛屿上
我会唱浪涛之歌

白云无根，流水无尽，情怀无边
我会像一只海鸥一样踏波逐浪，一飞而过
……海上啊，到处是我的身影和形象

最终，我只想拥有一份海天辽阔之心

李立屏的诗

李立屏，湖南娄底人，毕业于武汉大学外文系日语专业，先后任外交官、海外中资企业总经理等职。80年代初开始公开发表诗歌、译作。出版诗集《我比春天温暖》、翻译小说《枕女优》等，现居北京。

圣洁

今夜，我守着整个月亮
和你共享，半壁江山
秋风比任何时候都来得细长
河流缓慢

这时候的月光，照着山林
溪水，照着无人的路面
和佛在的庙宇
都是一样的，圣洁，空灵

我怕自己显得轻浮
走到哪，都随身带着钉子
只要看到，美，与好
都会拿出一颗，把自己的影子
钉在地上

李建春的诗

　　李建春，诗人，艺术评论家。1970 年生于湖北大冶。1992 年本科毕业于武汉大学汉语言文学系。2006 年研究生毕业于湖北美术学院。任教于湖北美术学院美术学系。出版诗集《出发遇雨》（花城出版社，2012）、《等待合金》（武汉大学出版社，2017）。诗歌曾获第三届刘丽安诗歌奖（1997）、首届宇龙诗歌奖（2006）、第六届湖北文学奖、长江文艺优秀诗歌奖（2014）等。

入住的朝霞

即使我入住高层，在新装修雅洁、完善的
包裹中，也不及天上的鱼鳞斑
这是路过的什么神仙的仪仗
几乎毫无动静，从上清宫的壁画中
浮出。是西王母酣睡未醒，从昆仑山翻滚
现出真形，露出她下腹的龙纹
清气四溢。万类忙于嘘吸，我忙于惊叹
在我用自己半生购买的新居中，像个傻瓜

我用被映照的、焕发的一面，回应
那些鸾女。她们也是被映照的，喜气洋溢
凝视着东海
古老的大神，由于精力充沛，每一次出巡
都像迎娶的队伍，北回归线下
永恒的交媾，因他们神性的健忘
而喜乐，顾不得这些旁观的大鸟，淫荡的云
因嫉妒而露出阴鸷的一面
我更嫉妒并向上窥视
身体变成流线云，伸出窗外

短暂的物质，我因为拥有它们
将其雾状刻意打造成晶体
我用尽年华追求一种实现，在那些可计算的
斑斑劳作的感应下，水泥、石灰、铁、木
及其他构件，个人用品，书籍等
通过可略去的社会分工，而组合
成为活性的机体

我享受这个瞬间，宇宙之浪，在多重虚拟的几何线下
成为地球上的一隅，供奉和被供奉
此国此家，在昨夜的混沌中更新
我因为深爱他们而不忍重述
朝霞未看见的哭泣的时光

春深

新草蓬勃，在茂密的枯草中间
昨夜到今晨，一样承接寒冷浩荡
三号楼和新翻的土，也等同，夹着旧基的碎水泥块
春雨下到新轧的路面，和忘了收的被单上，是两种性质
幼儿园接送的欢鸣、早晨的鸟，同类
春梅和桃花、忽然溢出堤岸的流水，同类
孩子和大人，礼貌地接过半只苹果
他们咬开苹果的声音，略有不同
去与来，同类。上升下降，只有我
与这一切。冰冷的心，渴望郊游，这与以欢快的方式
从外卖的手里接过餐盒，有什么不同？

垂丝海棠

最难堪的，莫过于在雨中出门
惦挂着垂丝海棠
我走不近，因为雨幕的银灰、逝去的
和目的地，一样短，一样迟钝

银杏、国槐、朴树等名木萧瑟的时候
苦槠给出嫩绿的海参叶
桂树的老叶顶着红叶，像祖父抱孙子
如果我住乡下，也会这样
全然没有九月的名声
一些花伞，光秃秃的像探头
庞大的身躯，就那么一点纤弱的示爱
垂丝海棠并不掩饰她们红色的挂链
因而成为这段雨程的终点
日出后她们会乱开，像邻家妹
在青春期出门打工
这工厂的天气、金属建材哐哐响的天气
怎么下雨都是不合适的
我有幸穿过一截甬道，红叶李不客气地
掠过伞沿，将水珠甩在我脸上
因而我也有蕾丝的情绪
在到达中尴尬的斑驳的领地

展开的卷轴

忽然有悲伤涌入鼻窍
无须探问是何物
刺激敏感的褶皱。山水重构之磨合
夜幕的石齿，挂着逝去的一块肉。
鼻泪管的喜鹊，在散射中收缩瞳孔
要回到路边粗糙的巢——这家
不像血燕，靠分泌的温暖。是细枝的体育馆
整个像一团铁丝太阳。

他回去也是锻炼，翅膀展开
非色，回应日与夜不分明的灰色地带。

我用春蚕吐丝法，画一座边城：
思考如何用偏锋，画住宅区的锐角
思考如何将卫成区的墨团揉开
盘成环绕的城墙。这卷轴
停在书桌上，像分成各自的裸体
裹着被单等待。为我剖开的心肺
不可避免的峡谷，灌入江风、野渡、垂柳
用毛细血管搭一座独木桥
拷问载着板栗的乡村摩托
如何过桥，或如何
垂钓，在静脉流淌的湿地
动脉豁开的内陆湖？
我题写无字之书在他们互爱的距离中间
钤上鸡血石篆印在躁动不安的草坪臀部
霎时合拢玻璃钢窗的光芒下楼察看
不远处塔吊的迹象

嵩顶即兴

嵩岭的巨型屏幕
美化和削弱了此次行程
我记不清上山的弧线
只为眼帘的扇面之大而震惊
年近五十，登临峰顶
未能安定的因素

在山下，仿佛春天的腐殖
转瞬，却被身旁的树杪
欲雨的天气稚嫩地延长
我曾反复在无数个山腰踌躇
如今爬上这台地
也只是把日常抬升到无蔽的海拔

清明节祭拜诗圣

我不能简单地提及的杜拾遗
今天我做了你的食客

（这曾是你的处境
你告诉我怎样把应酬诗
写得伟大；一个做过短暂的言官的人
终身怀念，把它当真，围绕紫宸
构筑仁心的大厦，然后长年
在江湖上，叹老嗟卑，用期待的音韵
在各级过往官员和行伍中间
劝勉，赞叹，观看，感兴，你用
风雅颂的正体，写一个漂泊的衰体
在帝国的广阔山川；你从未想到不可能
因此你最不现实；大唐，你是怎样为她
开疆拓土，用一支巨笔，饱蘸着
你并不得志的盛世，流落在乱离的
人民的生活中）

拾遗公的慷慨，开在

据说是他出生院落的桃花上
一千多年后，他设宴款待；无数个
安史之乱后，我们考订、装饰了他的童年
为了重建一个大国；曲江水边丽人行
他教我们察看隐藏的危机
他教我们重新体验忠谏无力
却从不放弃，自高，即使秋风破我茅屋
仍然不忘大庇天下寒士
今天他真的庇护了我们，当他接受
几个级别比他高的后辈祭拜时
更多从帝都来的北漂，从外省来的
抱着干谒蠢动的布衣，披上
象征皇族的余晖、最尊贵的
土的颜色、可以动天感地的黄围巾

我自己的佩剑

寂静浮出七十年代　骑牛猎鸟的经历
寂静无因　穿越一个牧童漫长的求学
对此刻的动机进行干扰　出现
无语　呆立　出门下楼又回家等症状
我是否该解释我十岁左右打鸟成癖是野蛮的
与除四害有关　是否该解释我放过的四头牛
与村组的纠葛　以及跟随父亲
积肥的时代背景　这要查很多资料
而我唯独记得一些感官的片断　牛粪的气味
成了资本主义尾巴之晨的喜悦
几种鸟的下腹　又回到弹弓开叉的正中

我瞄准它们　但不会再射出石子
我超度它们　用我身上莫名的痒痛
和愿力　我回想　那些杀戮的时刻
故乡的山林　在我握弹弓的疾走中
在我作为猎手的专注中　重新开展
我弓身游走　隐匿到苦槠叶下
闪过葛藤　蜘蛛网上的水珠　为了那只大鸟
它已感到杀气　就嘎声飞起
在它身下密叶的潮水中　寻找落脚点
它自以为在晃动的树杪是安全的
就高声警告同类　却暴露了　在它的慌乱中
小猎手背靠树干　目测石头与它相撞的点
然而弹弓是不精准的　不如意志
在肉石相击的残酷声音中它跌下
但没跌到地面　又扑腾飞起　显然翅膀受了伤
蹿入　我不能穿越的荆棘丛
为此我遗憾过好久　但现在更愿它没事
我站起身　好像是刚刚放松屏息站起身
越过国土　平庸和水泥化的四十年
在我写作的长啸中有弹弓橡皮晃荡
而这已成为我自己的佩剑　有时是屈原
有时是李白或辛弃疾　豪放之气
向霎时凝结的城市空间　放出一颗飞石
寂静　瞄准　有质量有速度的仁慈　那化身的鸟
在地铁　小区　打卡或候机的时刻
蓦然中断飞行　在徐徐下沉中聆听
词语到生活的弹道　我攻城掠野
骑着返乡潮的战马或一两个节日
我是说　我得以站在三点一线的一个点上
让懵懵懂懂　恍恍惚惚的爱击中我

李浔的诗

　　李浔，1963 年生于湖州。从事诗、文艺评论创作。毕业于武汉大学中文系。中国作家协会会员、湖州市作家协会副主席、湖州市文学学会副会长。中国江南诗的代表诗人之一。出版九部诗集和一部中短篇小说集。作品两次获《诗刊》奖、两次获《星星诗刊》奖。诗集《独步爱情》、诗集《又见江南》获浙江省第二届、第四届文学奖。1991 年参加《诗刊》社第九届青春诗会。

织网人

自古至今，在河边总看见几张网支撑着不变的风情。
他为了要对得起河，对得起无限的精力，
甚至那么多有期待的人，只有织网。

一个没抱负的织网人，
他总在自己所系的网面前格格不入，
仿佛这世界从来就没有过漏网之说。

旅途的尽头

你说
去好玩的地方吧
一起看牛发呆
听马奔跑
梦里的旅途
上房揭瓦无法无天
梦醒之后
好玩的地方都有
左眼的黄河
右眼的长江
总有一天会浩浩荡荡

小心皮球

你一直是个不好动的人
天气晴好，春天平静过渡，夏天不温不火。
一只皮球跳跳蹦蹦来到面前，它活泼，可爱
邀你来一场童年的游戏。
一个只剩下秋冬的人，还是随着皮球心动了
你试着想把自己踢回春天去，尽力了。
而这想法，还是像你说出的一句很重的话
必有反弹，必有反季节的伤感。

江湖

河面上，有整个天空
这轻浮的气象，像脸上偶尔泛起的气色
行走江湖的人都有这腥味的经验。
随一条船破浪，拐弯处有案
你写下了几朵浪花和寡言的旋涡
你看，你还能干些什么
一条河的尺度，仅仅是几朵浪花
就分开了什么是愉悦什么是沉默。
江湖不会老去，瞬间或悠久
你心思重了，船就有怯意
过江之鲫，犹如你
脑袋里晃动着全是鱼跃龙门的声音

那时候的草原

那时候，马日行千里，去了漠北
格桑花开在鞭声里
毡房里有热酒，坑上有红肚兜
有月亮的夜，虫鸣在爬山坡
当然还有快乐的狼，幸福的鹰

草原的传说，只剩下年年腐烂年年发芽的草根
风不能再低了，草和羊也是
那时候的草原，坦率、真诚
有点像留有络腮胡须的大叔
从草原回来，他不走弯路
两只耳朵又软又红

隔言

隔墙有登高的人，隔肩有攀爬的手
隔了朝代的字，有着不肯改悔的笔画
因为隔，有了那么多的人手和结果。
还是回到现实中来吧，看看
隔了河的苦难，只有到海边才看见眼里容不下的沙
因为镜，隔了一层玻璃
原来的你不见了，还有隔墙有耳
沉默是一朵隔季的花
这是多么悲催的事，今天的话非要隔夜再说
就像你和他因为有了第三者，说话必须翻墙而过

推敲

1

想到贾岛，门总是紧闭着
昔日的好月光，如今成了一张白纸
想画最美最好的画吗
灯太亮，怨妇太多

2

走了那么多弯路
终于见到刷了朱漆的门
宽大厚实，夜里
你看见门缝里的光
这是出世的留白。

3

你回过身来的样子
左肩比右肩斜了些
担负的想法左右为难
肩膀的不端总比路不平要自然些
路就这样走过来的
你的回望，枯荣在发际中

4

没有黑字的日子

不会有白天
没有白纸的人
不认识长夜的黑

5

墙角的小青苔
把容易落叶的树一一弄哭
一枝光秃秃的树干上
鸟一次次抖落了
传说中的谷雨

6

你的直觉，是一地玉米
它们有泪珠般的颗粒状
可以喂饱想哭的人
哭吧，人身上的河流
不会掉头，不会干涸
这条河，确实是一个长不大的孩子
还以为两岸的槐树
真的会长得高高大大

7

节日必有杀气
不依不饶的唢呐声中
自由散漫惯了的鸡鸭从此止步
在供案上，它们沉默寡言
像一群智者

静听人间的琐事

8

米一样细碎的日子里
灶台的周围，女人如水
水缸里有她们舀不完的日月
口味淡了，还有盐
咸的，被熬成了婆
才有糖吃

9

风花雪月总是如期而来
这花比春还跑得快
把篱笆再扎紧一点吧
让风回到云上去
让古人再次作古

10

那些健忘的、远走他乡的、不善流泪的
把自己交给远方的人
最后都跪在老家的香炉里
比香的烟轻
比看远方的眼神还要飘渺

11

碑上的字，并不是他的笔迹

姓和名终于还给了命名他的人
在这里，他偏安一隅
胸怀从未有如此的宁静

12

在推和敲两个字周围
有闭眼的人，有闭门不出的人
有闭口不谈国是的人
他们一次次被人推翻
还不断地敲响自己的小胸膛

李浩的诗

李浩，1984 年 6 月生，河南息县人。曾获宇龙诗歌奖（2008）、北大未名诗歌奖（2007）、第 15 届华语文学传媒大奖"最具潜力新人奖"提名等。出版有诗集《还乡》《风暴》，诗文集《你和我》等，部分作品被译成英文、波兰文、亚美尼亚文等多种文字。现居北京。

博弈

天空下着乳头，所有的
世纪，所有被爱过的
白昼，所有的巨人，
都降临在死亡之谷。

我没有悲伤，我没有痛苦，
只是我身上的狮子，在疯狂地
撕咬着，如同夜空里

起伏的镰刀头。我坐在地上，
用酒燃烧我的骨头，我多么渴望稗子
也能成为我的血肉。

我从地上站起来，用手抠出
嘴里的碎石，喉咙中的德胜门，便在蜜蜂的
歌声里敞开。

病中的奥斯定

我的耳朵，在上帝的统治里，
充满闪电和鱼群。我的
每一个窗台，深渊，手指，
以及崭新的黎明，在书写者的

屈辱中被唤醒。我熟悉的街道，

怒吼，和地铁站，卷起身躯。
飞舞的鞋，在雨雪中，教我和他们
赤裸的天堂对饮。酒和夜晚，

被草上的风，吹得透明。我在长久
封闭的阁楼里，侍奉着
血液中的人世。我垒着世纪的

围墙，我吮吸着圣人的眼泪，
我盼望地上的万物无穷无尽。站到树上的人，
打开地图册，另外的空杯盛起灰烬。

5月15日，圣神降临节

今天是礼拜天，地上的
电线头，划开我的手。
我的心，在主日的

祭台前，如同哀泣的
教堂。我将嘴唇上，
婴儿一般的圣水，吸入喉咙。

我的爱，在我的脏器里，
搅拌着城墙上的刀片。我衣袖里的
成群的埃斯库罗斯，

聚集于午后的烛光，如同站在我身后，
看护我的椅子。我坐在长桌上，与我身体中走出的

那个人，正在重逢。

与臧棣、谷禾、路云游洞庭湖，遇见行星

光柱，从截断的金雨树里
倾泻下来，流进沉睡的
兰江。鸟群随对岸的岛屿，和岛上的
树林，飞升着；来往的，
无法救拔的幽魂，在水面上，
开动船只，止于雾中：他们日夜不停地更换抽沙泵，
日夜不停地吞噬
湖底的砂石，以及禁闭的晴空。
现在，他们划开荆江，准备回到轻风
吹过的湖滩。青翠的松涛里，
隐现的风铃和哭泣的
楼群，好像死寂的泉水。河流，光块，白鹭
在这里，被逐渐钉入楼梯。

十年前，在回龙寺

我坐进空椅子、楼梯　在我的耳朵里，
向上旋升。一些人，几只牛蹄子，
从我的耳朵里，飞在我的脚上，他们：
耕田，磨刀，换犁，哭泣。然后，
将手插进　宁静的井中：一个呻吟的，
口吐白沫的孩子，抽搐着四肢，从

水的内部，向外涌出。他，在乱棍的
暴打下，出卖母亲通红的私处。他，
在挣扎与逃窜中，被父亲绑在树上，
以荆棘条，抽打屁股。裂开的 嫩肉，

在他身上，阻塞。他，爬向老鼠洞口，
捡起浸有耗子药的麦粒吃。一阵脑卒中
过后，他在地上安静下来，整个人，
如同串上，烤熟的羊鞭。阵痛止于内心，
响声内外，如同刀俎之林。我，
抱起鸽子怀中的婴儿，长臂便在笆篓里
温暖的肌肤上消失。我，顺从一缕昏光。
向上的穹顶，升入你　无限的胸内。
坚石上，岁月无阻：钻头，切割机，
电线，在松弛的皮内，折磨我光滑的

肋骨。过去：寂静无人。鼠辈，在床下，
滚动着，圆溜溜的绿眼睛，从猫头棉鞋
和刺上麦芒的裤筒里：进进，出出。
面向月光，切肉的屠夫，站在窗口。
在结扎的大小路口，看不见，灯光在雪中
荒芜；看不见：牛粪上堆积如山的
清晨与死婴，喝一口，母亲的奶。我觉得，
凡是那漆黑的，抽泣过的，都是他的
血肉。嗯：坐在死寂中，就如同死寂。
你举出阉去的舌头，你触摸掉漆的方桌
和方桌上厚厚的灰尘，一股骚味，你
尝尝：是咸的，还有烟丝。再往桌面
搓搓，一层层的，好像油渣子，又香又脆。

女人的皂药，孩子的鼻涕，蜘蛛吃剩的
羽翅：都在见证我逃生的性欲。止于内心，
我将觉魂，借居在螃蟹中：屋梁上，
桌子里，椅子里，地板内，以及床上的
空气，都在拼命挤压我的内心，挤压
狭窄的、通往太平间的旋梯，防盗门，
以及水龙头的嘀咕声。雷电扩充，
远山欲言又止。嗯：舌尖上，吊扇在无人的
房间，附会天冲。草坪上，光影如灰，
在耳中上升。你合上开过二十九年的金身。

白色峡谷

1

我要把身上的泥巴和羞耻的钉孔洗尽，
具体用什么方式，需要你的启示。
听啊，天空在我的脑子里叫嚷，
我的世界，蓝里面透露蓝。
啊，那不是希望，无非是微风
吹动，山谷下面百草生出百草。
此刻，我手握钟表，坐在清晨
深处，探索声音的源头，张望
一片苍茫：不要把她拉近你身边，
她随时都会在某个眨眼间悄然消失。
那颗智齿，它那可怕的根茎提醒过你。
啊，把心打开：进驻耳中的鸟鸣。

2

天使在我头顶飞行，大地翻动着
肥胖的身躯。那些尚未认识美的
人呀，偶尔流露"美的恐惧"。
那花蕊的馨香，那绚烂而温柔的
笑容，难以拒斥心中面临的巨大
悲伤。"我的同类所担忧的，
也是我冥思的"。我内心世界里的
人民，慢慢地形成庞大的群体，
为我们信仰的天国，为飞翔的天使，
产生激烈的争执。啊，不要抑制
那个调皮、淘气的自我，
大口大口地吃掉虚荣、华美和欲望。
在慌乱中，你会将自己、将鲲鹏、
将河流中的鱼，交还给大地的神经吗？

3

你躲在小小的肉身里面，营造自己的
空间。你面对天花板。你痴痴地发呆。
你对岩石缺乏信赖。你丧失了
自己唯一的家园：那唯一的。
你看地面上的蚯蚓，在一个时间
和一个意念间，戛然中断。寒冷来临，
虚无的火焰，静寂的呼吸迁入鼻孔。
啊，白鸽的翅膀张开，停在神秘
拉开的刻度。葡萄树上滴落的露水，
使得山野惊慌，人马翻腾。
相信季节吧，每个季节都站着一头

咩咩的羊。你再次相信，再次拉开
尺度，就连钉在苍穹中的钉子，都不敢
怠慢你凝视它们每个钉子时的眼神。

4

我在旅途中遇到一颗种子。
我弯腰拾起它，装进胸前的口袋。
我深信，我拾起的是一棵大树。
因为一阵风，我深信在这棵大树下，
一定能看见：你回家。
风剥开我手中的洋葱，迎面
涌来的威胁，使我加倍伤心。
风，使我成为岁月的象征。
因为风，窗口一直都是敞开的：
朴素的生活，如同流水，清澈
而安谧地流淌；如同合上大钢琴的
盖子。因为风，我绝对相信，
那棵大树会结出，箴言的果子。

5

红色："啊，火。是的，烈火。"
黑色："器皿的粗糙的言说。"
白色："我双眼中的偏执长出一段诫命。"
这些来自一朵玫瑰，来自大地肩上的披风。
夜挺起身子，像一种营养，充盈着世界的空间。
一种母性的脸，在你们面前像烛光摇曳。
那继续深思的火焰，温柔得接近幻灭。
美，使一颗孤独的心加剧了疼痛。

我要追寻袭击我的瞬间，当我握住闪电，
地面的流水，在奔腾，溃散。

6

我的众多尚未安宁的命运　宛如
北风卷起的锋刃　挂在墙上
我的隐秘就是"黑暗"对我的掩护
而生命腐朽的外壳下长出一棵野草
大丽花惹人喜欢　她的淫荡
使我不能放声歌唱　可我渴慕
你的心　我也不为你
唱出的悲苦　流泪　我的生命
在期待中淤积朽木　但是我仍然期待
我虔诚的呼吸　能够说话
因此　我说：向牧童学习吧
牧童口中响彻一串串造梦的短笛

7

园子里　树上的果实喜悦
其实　我就在那众多果子
中间　不要漏掉我的身体
我的身体　像夜
顽皮地向上张开姿势
夜　不再是我的证词
我、不再、活在视线的牢笼中
我能够保持充沛的生机
在工作中　请精确地测度我的身体

8

山石高昂，拍击着胸膛
他们在迎接鲜花绽放
和喜悦的成长。圣徒们的
思想、光芒在此刻聚集，
而且紧促地立在王的
弓弦上。那飞矢不动，
将令仰望者在毫无察觉中
跨越自身。我们的生命，
那个使我们停留的豁口，
已经消逝。听，谁在喊叫；
谁的手举起最后的浆果；
紫蔷薇开在眼前。我
身如柳絮在微风里感恩
这已经说到了话的尽头。

李桑梓的诗

李桑梓，女，1968 年生，毕业于武汉大学外文系，现从事科技情报翻译工作。

樱顶之约

我爬过三十年前的
恋爱路
去樱顶会一个叫珞珈诗派的情人
琉璃依旧
飞檐上的瑞兽在不变地蹲守
阳光下的绿叶在欢歌
我用千年前的牡丹亭
唱着今日满堂的
云霞翠轩
姹紫嫣红

李越的诗

李越，笔名勾芒，男，1986 年 10 月生于甘肃永昌，甘肃省作家协会会员。作品发表于《诗刊》《星星》《飞天》《散文诗》《中国诗歌》《四川文学》《西北军事文学》等多种报刊，入选《珞珈诗派》《中国散文诗》《中国散文诗人》等选本，出版有诗集《苏三的夜》《雨天樱园》等。现居甘肃兰州。

冬日大风

冬日大风，羌人在吹角，过路的天鹅
用肚皮反复擦洗乌云。我们并不焦急
逛街市，听社戏，赶庙会，等衣服从南方来。

正月里，时日脸面相同。农具上含蓄的锈斑
我们有的棕红色岁月，在休闲中消磨。
二月应下田，我们谝闲传。送饭女子在哪里？

春天，载满阳光的货车向夏行驶（春日载阳）
黄莺忠实于记录韶光，纵使鸡犬不闻。
过去，日子总是缓慢，春日迟迟，采蘩祁祁。

每当黑夜垂下

阴天下，道路因雨水而明亮
群山生长灰白绒毛般霉菌
忧郁盛开的田野，孤独盛大
（如凹陷的夜，风吹这巨大洞穴）

雨霁，成千上万家窗户正在打开？
巨大而隆重的收割礼仪无人问津
像自己名字上楼的栝楼无人修剪。
每当黑夜垂下，村落熄灭如我的眼睛。

乡间日光

乡间日光惨白，太阳如此消瘦
可听见时光漂洗房屋的音调。
石块在崩裂，风把围墙推动

——它是疯癫的自由少年
伙同谁一道砸烂门窗玻璃？
明亮蜘蛛正忙于在那结网。

铁门、大锁、藏起的镰刀
是谁千针万孔为它们制衣？
红色锈斑含蓄，吃着铁皮。

傍晚村庄，鸡叫声如此寥落
一只鸟平缓飞过他们的仰望
远远勾勒出孤独嘶鸣的文字图像。

乡村冬日

被拓展的乡村世界，天空向后飞驰
大地舞台的落幕表演候场已久。
西风助理巡视三遍，被梳着偏锋的
满眼枯草疯长成花白胡髭。

白桦队列向左看齐，将根抠入更深地层
随电杆教员做紧张的队列练习。

枯叶蝶无动于衷，偶尔扇动翅膀
好像睡觉时身体猛然的抽搐。

田地的癞疮头绵延，怀揣地窖
声音橐橐，谁在敲击四壁？
无数灵魂颤动在冬日的原野之上
年迈的守灵人还有很长的路要走。

孤寡老人的一日

他习惯每夜和死神说话
不谈往生，只说往事
好像摆弄着每个人的不是命运而是故事。

漆黑屋子里一盏头脑的罩灯
随鼾声强弱忽闪。
时间计数。爬虫窸窣
在养尘上编织故事网络。《一千零一夜》。

星辰火柴头在天空磷面擦亮
像冷燃的礼花。鼓掌。

小狗安睡，想继续在梦里跟着他
进门，出门
听门上时间剥落如铁皮
看云，分辨其与昨天的不同
整理多年来满堂儿孙的虚假谱系。

老人厨房

傍晚，老人钻入厨房——黑暗山洞
面孔被铸进黑夜。
灶膛中，火光摸索着面部的轮廓

像一个光明的盲人摸索着房间布置。
皱纹不断变换位置
严肃的脸被光影戏弄出猴子。

椽檩黝黑，这里是火灾后的废墟？
一切以焦黑诉说往事
椽檩如蝙蝠聚集，潜伏。

一只昏暗的灯泡在空中打盹
突然被自己吓醒，惶惑得光芒扑闪。
柴火——白色疤痕堆积如山，被依次揭开。

一个身影在墙上不断涂抹
想把黑暗抹得更黑
影子涂得更乱（老人用瓢从锅里舀水）
灶膛中，火猛然翻身，替柴火喊疼。噼啪作响。

李强的诗

李强，1962 年 3 月生，江汉大学党委书记、武汉诗词楹联学会会长，经济学博士，中国作家协会会员。数百首诗歌在《中国诗歌》《人民文学》《诗刊》《星星》《长江文艺》等报刊发表，入选多个全国年度诗歌选本。

象群走过金合欢树

庞大，庄严
寂静，无言
七位信徒来到马赛马拉
他们来传什么经呢
他们来布什么道呢
我们不知道
我们知道他们都是通灵的
这些高贵、古老的物种
他们是精通神谕的

象群走过金合欢树
此刻　草食动物停止了咀嚼
肉食动物停止了追逐
此刻　所有植物、动物不再躁动与喧嚣
聆听神谕的到来

阿波罗神也放下了鞭子
肃立致敬
并为七位信徒一一披上金色袈裟

李遥岑的诗

李遥岑，1980 年代生于湖北武汉。毕业于武汉大学中文系。现居美国。

北太平桥边有一株桑树

六月的桑葚　已入土为安
明年的甜果子　还在树根里安眠
我仍是那天的样子
把篮子高高举过头顶
等待砸中我的第一颗幸福
当树枝微微颤动
悬而未决的结果落下
一半在墙里边
一半在墙外边
花和果实离得并不太远
只是一个春天的距离
我们之间离得也不太远
当地球轻轻转动
我一会在你左边
我一会在你右边

最后的盐

顺着时间往回走
海边那个人还是你
坚固
洁白
清静
疑心过的　早已有了结局
从哪里来就回哪里去

有道理的事件件无情
我朝着山谷走
山顶有雪　雪上有云
铺天盖地都像你
却纷纷不是你
从此
我将度过清淡的余生
你是我最后的盐粒

南瓜芽

冬天种下的南瓜
也要发芽
巴掌大的土地
生出一片叶子
打开
变成两片
中间
摊开一只毛茸茸的手掌
每当我忘记
把小土地挪到窗台上
它就使劲
朝着天花板疯长
好像
只要再长高一点
一点点
就能碰到太阳
孩子每天都问我

什么时候它会开花
结很多南瓜
我总是羞愧
因为我隐约知道
她和它不知道的结果

吴晓的诗

吴晓，诗人，作家，资深出版传媒人，影视制片人。毕业于武汉大学中文系。著有诗集《风雅颂——吴晓诗歌选》《植物中的逃亡》等。早年创办银世纪广告及九歌传媒。2008年创办全国百佳茶馆风雅颂茶语会所。现为风雅颂文化传媒（惠州）有限公司董事长，珞珈诗派文化传媒（深圳）有限公司艺术总监。与李浩合编《珞珈诗派》。武汉珞珈诗派研究会副会长兼秘书长。

在惠州（3）

华贸五楼是一家影视院线
它的上座指数是大数据的一部分
《敦刻尔克》我看的是午夜场
半夜归来一直不能平静
当失败者以胜利的姿态呈现
以当下的价值观念还真不好适应
当《战狼》的主旋律横扫人心和票房
敦刻尔克的溃逃真的不值一书

一连好几天
在南方一隅
在商业弥漫的气息里
一直有一种声音在嗡嗡作响
它穿越我的心房
回荡在我的耳际
似有似无

你真的不可能联想到
《敦刻尔克》的音乐
一部影片的音乐才是它的灵魂
音乐诉说着不为人知的隐情
就像敦刻尔克的嗡鸣
透过人性传递你我
在浓浓的商业气息里
慰藉着一个溃逃者的尊严

天堂的笑声

我不知道轻的事物能飞多高
比如孔明灯。比如你对亡者的怀念
怀念应该是重的
透过尘世跨过菊花瓣桥
这来自天堂的笑声
应验了你所有的想象

一群来自异乡的艺人
把今夜点缀，让世俗变美
王导让房子疯狂起来
点石成金，化爱为蝶
是的，爱是一切艺术之源
就像我江西的画家兄弟
蛰伏东江二十余年
就为了一幅画或一组画
在商业的潜规则里适应与抗争

而那些被生活淹没的逝者
偶有提起

女人打烊归来
浑身茶香充满世俗的美
她经手的哈密瓜和客家凤爪异香
她说，整个银冈岭都是你们的笑声
我说，这笑声又轻又重
仿佛来自天堂

生死之交

清晨六点应该是一个什么时辰
薄雾稀弥，人气煞少
西湖一派静谧，对不起
我的一身的白，加重了你对人生的恐慌
西子啊，我鲜有与你对话
你的美太直接太粗暴
我还是向往你隐藏着的隔世之美
这种沉淀过的江湖冷漠义气
这种真实感至少超越了一半的现实

迎面而来的长者与少年显得如此不真实
长者扶持着少年，少年大病初愈之象
与我形成了对应，仿佛命运的捉弄
哦，一个连续七天高烧三十九度五的人
该怎样描述时间的去向
现在，少年迎面而来
你煞白的表情让你的童真显得更孤寂
但你确实让我吃了一惊

哦，少年，你确实让我吃了一惊
一周前当命运之神带我去地狱之门登记
黑压压的生死交界处
唯有你的脸庞带着色彩，虽然也是冰冷的
但你的恐惧多么有生命力哦
你噙着的泪花充满着仁慈和爱
你与我对视时全是生的欲望
我当时多想用我的平静去点化你

但我也很难做到平静
多么的脆弱啊
好像最终我们都在彼此的脆弱里找到了平静
我们在彼此的对视中找到了生的力量

现在，我们擦肩而过
西湖薄雾稀弥。渐有人气
当我回首清晨里的这对一老一少
少年也正好回头探望
哦，少年
你深情地点头一笑
足以验证了我们曾经的生死之交

邱华栋的诗

邱华栋，1969 年生于新疆昌吉市，祖籍河南西峡县。16 岁开始发表作品，并编辑校园《蓝星》诗报。18 岁出版第一部小说集，被武汉大学中文系免试破格录取。1992 年大学毕业，到北京工作，曾任《中华工商时报》文化版副主编、《青年文学》杂志主编、《人民文学》杂志副主编，现任鲁迅文学院常务副院长。

邱华栋的主要作品有长篇小说十多部，分为两个系列。一个是描写当代北京城市生活变化的《夜晚的诺言》《白昼的躁动》《正午的供词》《花儿与黎明》《教授》。另一个系列是历史小说：描写近代以来西方人在中国活动的系列长篇小说《中国屏风》《单筒望远镜》《骑飞鱼的人》《贯奈达之城》《时间的囚徒》，以及描写成吉思汗在中亚和中国著名道人丘处机会面的历史小说《长生》。

另外，他还创作有描绘北京中产阶层生活的系列短篇小说《社区人》，以及带有后现代风格的短篇小说《时装人》系列，和少年生活系列短篇小说《我在那年夏天的事》。此外，还出版有中篇小说集、电影和建筑评论集、散文随笔集、游记、诗集等，结集为九十多种版本。他的多部作品被翻译成日文、韩文、英文、德文、意大利文、法文和越南文发表和出版。

他曾获得第十届庄重文文学奖、《上海文学》小说奖、《山花》小说奖、北京老舍长篇小说奖提名奖、中国作家出版集团优秀编辑奖、茅盾文学奖责任编辑奖、《小说月报》百花奖优秀编辑奖、萧红小说奖优秀责任编辑奖、郁达夫小说奖优秀编辑奖、人人文学网年度作家奖、2016 年《西部》小说奖、林斤澜短篇小说奖优秀作家奖、2016 李庄杯《十月》文学奖短篇小说奖等。

中国石油史

1. 泽中有火

中国人发现和使用石油的时间
为世界最早。始于何时，据稽考
至迟在三千多年前就已开始
最早发现石油的记录是《易经》
其中说有："泽中有火"，"上火下泽"
泽，指的是湖泊池沼
"泽中有火"，是石油蒸气在湖泊池沼水面上
起火现象的描述
此书在西周时代已编成
距今三千多年
清代学人顾炎武反对用石取火
他认为，用火石取火会影响寿命
他说："人用火必取之木，而复有四时五行之变。
《素问》黄帝言：'壮火散气，少火生气'，
《周礼》：'季春出火贵其新者，少火之义也'
今日一切取之于石，其性猛烈而不宜人，病痰之多
年寿自减，有之来矣。"
最早认识石油性能和记载石油产地的古籍
是一千九百年以前
东汉的文学家和历史学家班固
所著的《汉书·地理志》一书
书中写道："高奴县有洧水可燃。"
高奴县，指现在的陕西延安一带
洧水是延河的一条支流

这里明确记载了石油的产地

并说明石油是水一般的液体，可以燃烧

如今，长庆油田正好在那一带开发

规模也越来越大

2. 石漆

最早采集和利用石油的记载

是南朝范晔所著的《后汉书·郡国志》

此书在延寿县（当时的酒泉郡延寿县

即今甘肃省玉门一带）条目下载有：

"县南有山，石出泉水，大如，燃之极明，不可食。

县人谓之石漆。"

"石漆"，当时即指石油

晋代张华所著的《博物志》

和北魏地理学家郦道元所著的《水经注》

也有类似的记载

《博物志》一书既提到了甘肃玉门一带有"石漆"

又指出这种石漆

可以作为润滑油"膏车"，就是用来润滑车轴

这些记载表明，我国古代人民

不仅对石油的性状有了进一步的认识

而且已经开始进行采集和利用了

我国古代人民，除了把石油用于机械润滑外

还用于照明和燃料

唐代段成式所著的《酉阳杂俎》一书

称石油为"石脂水"：

"高奴县石脂水，水腻，浮上如漆，

采以膏车及燃灯极明。”

可见，当时的人已经使用石油作为照明灯油了

随着生产实践的发展，我国古代人民

对石油的认识逐步加深

对石油的利用日益广泛

到了宋代，石油能被加工成固态制成品——石烛

而且石烛点燃时间较长

一支石烛可顶蜡烛三支

宋朝著名的诗人陆游

在他的《老学庵笔记》中

就有用“石烛”照明的记叙

石油还是我国古代最早使用的药物之一

明朝李时珍的《本草纲目》曾经记载

石油可以“主治小儿惊风，可与他药混合作丸散，
涂疮癣虫癞，治铁箭入肉”。

3. 火油

早在一千四百年以前

古人就已经看到石油在军事上的重要性

并开始把石油用于战争

《元和郡县志》中有这样一段史实：

北朝周宣帝宣政元年，突厥统治者派兵

包围攻打甘肃酒泉

当地军民把“火油”点燃，烧毁敌人的攻城工具

打退了敌人，保卫了酒泉城

可见石油用于战争，大大改变了战争进程

因此，到了五代

石油在军事上的应用渐广。后梁时

就有把"火油"装在铁罐里

发射出去烧毁敌舰的战例

北宋曾公亮的《武经总要》

对如何以石油为原料制成

颇具威力的进攻武器——"猛火油"

有相当具体的记载

北宋神宗年间，还在京城汴梁设立了军器监

掌管军事装备的制造

其中包括专门加工"猛火油"的工场

据康誉之所著的《昨梦录》记载

北宋时期，西北边域"皆掘地做大池

纵横丈余，以蓄猛火油"

用来防御外族统治者的侵扰

此外，我国古代在火药配方中

开始使用石油产品沥青

用以控制火药的燃烧速度

这一技术

比外国早了近一千年

4. 石油

最早给石油以科学命名的

是我国宋代科学家、浙江钱塘人沈括

他在百科全书《梦溪笔谈》中

把历史上沿用的石漆、石脂水、火油、猛火油等名称

统一命名为石油。

他还对石油作了极为详细的描述：

"延境内有石油……予疑其烟可用，试扫其煤以为墨
黑光如漆，松墨不及也
此物后必大行于世，自予始为之。
盖石油至多，生于地中无穷，不若松木有时而竭。"
"石油"一词，首用于此
沿用至今。
沈括曾于一零八零年任延安路经略使
亲自考察了延安、延长县一带的石油资源
还第一次用石油制成了石油炭黑
这是一种黑色颜料
他建议用石油炭黑
取代过去用松木和桐木炭黑制墨
以节省林业资源
他首创的用石油炭黑制作的墨
久负盛名，被誉为"延州石液"
事实证明，我国有大量的石油蕴藏
石油和石油产品不仅能自给
还出口国外几十个国家和地区
确实是"生于地中无穷"
并"大行于世"。九百年前
我国人民对石油就有了这样的评价
在世界上是罕见的，尤其是对未来石油潜力的预言
更是难能可贵的

5. 采集

我国古代人民采集石油有悠久的历史
特别是通过钻凿油井和气井

来开采石油和天然气的技术，在世界上也是最早的

晋代张华所著的《博物志》

记载了四川地区从两千多年以前的秦代

就开始凿井取气煮盐的情况：

"临邛火井一所，纵广五尺，深二三丈"，

"先以家火投之"，再"取井火还煮井水"。

据载此法效果大，省事简单，"一斛水得四五斗盐"，

比家火煮法，得盐"不过二三斗"

显然火井煮盐，成本低，产量高

被认为是手工业的一项重大发展

当时凿井是靠人工挖掘，公元一零四一年以后

钻井用的工具有了很大改进

方法也有所更新

据《蜀中广记》记载，东汉时期

"蜀始开筒井，用环刃凿如碗大，深者数十丈"

据古籍记载，在陕西、甘肃、新疆、四川、台湾等省

发现了石油矿。据《台湾府志》记载

清朝咸丰十年，台湾新竹县发现了石油

一个名叫邱苟的人，挖坑三米

每天收集六公斤左右石油

并用其点燃手提马灯

在我国明代，石油开采技术逐渐流传到国外

明朝科学家、江西奉新县人宋应星所著的

《天工开物》，把长期流传下来的

石油化学知识作了全面的总结

对石油的开采工艺作了系统的叙述

全书十八卷，图文并茂，

出版于明末崇祯十年，即一六三七年

是当时世界上仅有的一部化学工艺百科全书

书中记载了丰富的化学知识

亦反映出当时的化学工艺水平

我国古代石油开采的许多技术环节和技术

皆有赖于此书而得以流传

该书十六世纪传到日本

一七七一年版的日本翻刻本

受到日本科技界的注意

十八世纪传到欧洲，十九世纪上半叶起，

陆续又出现了欧洲文节译本

一八六九年出现了比较详细的法文节译本

二十世纪后半叶以来，全部被译为日、英、俄文

成为世界科技史的名著之一

难怪有的国家石油技术资料也公认，

我国早在公元一一零零年

就钻成了一千米的深井

说明在那时，我国的石油钻井技术

就达到了比较高的水平

这就是中国人关于石油的认识

关于石油开采的智慧结晶

石油成因史

1. 有机说

第一个试图探索石油成因的

是俄国科学家罗蒙诺索夫

他在 1763 年就提出一个假设：

"地下那些肥沃的物质

像油页岩、炭、沥青、石油和琥珀

都起源于植物。因为油页岩

是古代从结果实的地方和从树林里

被雨水冲刷下来的烂草和烂叶形成的黑土

它像淤泥般地深埋在湖底

逐渐形成了石油

树脂和石油都具有可燃性

表明它们也是具有同样的成因。"

后来，有人继承和发展了他的观点

形成了石油有机说的理论体系

这一假说可具体概括为：

石油是由埋藏在地下的动植物遗体变来的

石油一般生成在古代的沉积盆地

或者在浅海和湖泊中

在漫长的地质年代里，这里堆积的成百上千米的沉积物

其中埋有许多动植物的遗体

这些生物有机物质

经过几百万年的地质变化

及一系列的物理和化学变化

逐渐转变为无数细小的油珠

油珠再逐渐汇成油流

油流则集中和迁移到地壳中

具有封闭构造的地层中储藏起来

最终，形成规模较大的油田

这个石油"有机成因说"提出以后

地质研究工作者找到了大量的证据

用以说明石油的有机形成过程

尽管世界上找不到成分完全相同的两种石油

但绝大多数石油

都含有不同数量的碳氢化合物

这类化合物很容易氧化

在 200℃以上便会分解

因而，它们只能来自生物

而不可能来自地球内部和岩浆

另外，化学分析显示

石油中碳 12 富集，碳 13 较贫

这种碳同位素比例

与依赖光合作用的生物相似

再次证明了这种石油的成因理论

2. 无机说

一九八○年底，一些美国科学家

潜入加利福尼亚湾的瓜伊马斯海盆

考察那里的海底热泉，无意中目睹了

在高达 600℃的热泉作用下

堆积在这里承受着海水和地层

巨大压力的有机沉积物

就像处在石油厂的裂变设备中一样

正在分解裂变成石油

瓜伊马斯海盆的这一发现

为石油有机成因说

提供了现实证据

同时，也修正了有机成因说的一些推论

它说明石油的形成

不一定要经历上百万年的时间，

也不一定要埋藏到上千米深的地下才能形成

尽管有机成因说日臻完善

但随着石油地质工作研究的深入

一些不利于有机成因说的证据

也渐渐显现出来

人们注意到，在世界上已发现的三万多个油田中

有八个特大油田占了全部储量的一半左右

如果说石油是由动植物演变而成的

那么，就不会出现这种情况

因为，生物在地球上的分布虽然不均衡

有的地方多，有的地方少

但绝不会造成如此巨大的差别

人们还注意到，有些油田在垂直方向上

分布很深，而且越往深处成油条件越好

油气的产量高，压力大

似乎在它的深部

有源源不断的油气供给

颇有意思的是，当初

在勘探中国南海地区的油气储藏时

一些西方的石油公司从有机成因观点出发

在分析了当地地层中一系列有机指标后

断言那里不可能生成供大规模开采的石油矿藏

而实际情况却完全相反

南海地区打出了一个又一个

高产油气井

因此，在过了一个世纪之后

石油成因的无机说

在学术界应运而生

它最早是由元素周期律的发现者

门捷列夫于一八七六年提出来的

他在实验室看到

水与金属碳化物（碳化铁、碳化铝）

能在高温高压下起化学反应
生成类似石油的碳氢化合物
受此启发，他提出一种假设认为
地球上有丰富的铁和碳
在地球形成初期
可以化合成大量的碳化铁
以后又与过热的地下水作用
就生成了碳氢化合物
这些碳氢化合物沿地壳裂缝
上升到适当部位储存冷凝
就形成了石油矿藏

3. 宇宙说

"碳化说"在十九世纪末和二十世纪初
曾流行一时，然而
地球内部是否存在碳化铁
却是一个未知数
再者，即使存在碳化铁
地球内部的高温却又使水无法到达
这样就不会产生水和碳化铁的化学反应
更何况石油的化学成分非常复杂
水和碳化铁的简单反应
不能形成如此多样的成分
由于存在着如此多的疑点
所以门捷列夫的假说流行了一个时期后
就被人们抛弃了
继"碳化说"之后，一八八九年，俄国的索柯洛夫提出了石油成因的"宇宙说"

他认为，地球在诞生伊始

尚处于熔融的火球状态时

就吸收了原始大气中的碳氢化合物

随着原始地球不断冷却

被吸收的碳氢化合物

逐渐冷凝埋藏在地壳中，形成了石油

二十世纪六十年代以后

天文学家利用光谱分析

在宇宙中发现了大量的有机物质

有力地支持了宇宙说

碳氢化合物不仅见于

一些行星的大气里和彗星的彗核中

有的甚至可以构成巨大的分子云

在陨石中，人们还找到了更复杂的有机物

它们显然与生物作用无关

这些事实说明，许多有机物

完全可以通过非生物途径获得

在以上的发现支持下

现代主张石油无机成因说的研究者认为

在地球形成早期，后来生成石油的有机物

便以甲烷及其他碳氢化合物形式

参与了地球的组成

后来，在地球内部热力和压力的促使下

它们从内部释放出来

在某种有利的环境下

进一步合成变成了石油

至于石油中含有的有机质

无机成因说的主张者们认为

那是原生石油在运移过程中

受到了有机物的污染

从而造成了石油成分的复杂化

同时，他们也不否认一部分石油可能来自生物

但大量的石油则来自地球的内部

但是，还是有反对者指出

索柯洛夫的观点有一个先天不足

他们认为，地球形成时的大气与现在差不多

不可能存在大量碳氢化合物，即使有的话

遇到高温熔融状的地球也早就分解了

美国康奈尔大学的天文学家高尔德

站在无机说的角度批驳有机说时说

世界上油矿的规模

比其他任何沉积矿体大得多

已查明的油气储量也比原先根据生物生成说

估计的高出数百倍之多；最难以解释的是

许多油气田中含有大量的氦

但生物对氦的浓集不起任何作用

再有，生物作用无法说明

世界油田分布高度集中现象，比如中东

围绕着石油成因，有机说与无机说的争论

已持续了一个世纪之久

各自都有自己的理论依据和证据，

谁也说服不了谁，因此说

关于石油的形成问题

至今难以定论。

伯竑桥的诗

伯竑桥，1997 年生于万州，长于成都。现为武汉大学中文系大三本科生。曾获第二届全球华语大学生短诗大赛奖，作品见于《诗刊》《中国诗歌》《青年作家》等，出版有诗集《库洛希亚玫瑰》（四川文艺出版社，2014）。

阿卡贝拉：献给索尼娅

错过的列车都没有我的终点
索尼娅，为何我仍向你求取着什么？
我听见你悲哀的足音，多年来
贫穷远比我们更清澈，像你瞳孔中的水
梳洗路过的那些风，沉默且温驯
我的肉体紧闭，灵魂荒腔走板
你在念诵着什么？索尼娅，当大风刮过山冈
我会找回七岁那年弄丢的帽子吗
悲哀会板结，欲念悬停在地平线，仿佛隐现的星群
人世间，有人在呼唤羊群，有人在找寻父亲

东山谣

微弱的田野新雪在洒
儿时的姐姐今天远嫁
微弱的田野新雪在洒
远嫁的姐姐迎风开花

风筝风筝，麦浪麦浪
你如瀑的黑发你飞旋的泡沫
是两开的罂粟似天使在弹拨
麦浪麦浪，你曾有空空的故乡

一样的丰盈一样的贫瘠
一样灰白的重音留我们在这里

空空，在这里，空空

世界在水中涣散如瞳孔
像寄给他们的信件
散落，纵然阅后即焚
你涣散瞳孔，世界涣散在水中

就触摸这温柔的金属
就温柔如金属为我轻轻开门
就指给我半敞的空海，他们在等——

微弱的田野新雪在洒
儿时的姐姐早已远嫁
微弱的田野新雪在洒
远嫁的姐姐迎风开花

下午

下午四点我结束一场烹煮
醒来时手边似乎有雨在等

万物的回答还在喉咙里翻滚
阴天是世界说话的唯一方式

梦不仅俗，而且荒芜
无力感让旧原野老得理所当然

这一瞬，我把自己缓缓发泡

远方的木耳正穿过首尾倒置的森林

别害怕，如果厌倦这座孤岛
词语的洋流将送我们去到陌生的子宫

余仲廉的诗

余仲廉，1963 年 6 月生，湖北石首人。武汉大学校友企业家联谊会理事，武汉大学校董事会董事，诗人，作家，书法家，慈善家，湖北博昊济学基金会理事长，武汉武大创新投资有限公司董事长，武汉博昊投资有限公司董事长，著有《行悟人生》等作品。

溪水
——观思远的画

我想走进这幅画：蓝天悠远
云里泄下的溪水，像白驹冲开人群
抵达马厩。篱笆中，黄狗仍安睡
要知道润物细无声，她渗入红土地
让农人的麦穗俯下，畅饮
更谦卑的，溪水分开自身，灌溉
香樟和桂花树，茂密的竹林
留我在其中：我，黄鹂，白鹳，珠颈斑鸠
停止歌唱的夜莺栖息……

思绣林

在绣林古镇
草木生花，又将落败
这是四季轮回中的春天
仿佛我回到这里，就能
回到洞庭湖上，结着渔网
和欢笑的童年
仿佛我阅读
岁月的额头
就能回到刘郎晚渡
看他的绣球繁星般挂满天空
看他的棋局
将后人掩盖

富春时节

富春时节，江水
开始饱满，所有的事物
都像江豚的尾鳍，月亮般竖起

惊涛和珍珠，都被纳入蚌壳
给渔人的脚板
和他平淡的生活搔痒

他的儿子，在樱顶
富春时节的红木窗
摆着衣架，和望远镜

游子梦母

霜。游子的步履，
被馆驿阻塞，他闷闷地
饮下半壶浊湉，
脖颈泛红、温暖，像母亲
曾将她的围巾
解下……那时老树长久地立着，
瘦鸦昏睡，楚天长。

秋韵

1

秋。秋天。秋季。
听秋风，秋雨，秋煞人！
曾经秋高气爽，
此时梧桐转秋叶，
秋送南雁。

2

秋水。秋波荡漾
往秋山，秋意层染。
动秋情，秋水伊人，
牵秋思，秋潭望月。

3

秋收的喜悦，年华，
堪比秋月。
金色的，无限的
秋情入怀，
愁肠有牵魂梦萦。

4

秋，好一个秋，
多事之秋，道不尽。

时间车轮的前行，
辙迹展现：
喜怒哀乐
全在秋韵之中了。

读仓央嘉措

仓央嘉措的诗集
一本薄薄的册子，薄得像
周身的空气
只吸了一口
眼睛就闭上了
多么安详，好似檀香
又好像诗读完了
人还在诗里
我久违的目光，浸润在
蔚蓝的琼宇下，一碧如洗
而亘古传来的佛音
清远、悠扬，回环跌宕
我走过雪山，看雪莲和格桑花
仙女们的彩衣飘飘
直到黄昏，我还拥着玛吉娅
翩翩起舞

和影谈心

对影，我什么话都可以说，
有愤怒的野马俯冲而下，长空嘶鸣。
直至平原，伸出手掌的阴影地带，
时间会让你慢慢地归入溪流，看见
神迹：七月飞雪，长城为一个弱女子坍塌，成为
卵石。一种倾听的力量
俯拾皆是，它们浑圆，在高山的腰间
委屈的鱼群只管倾诉。

影，我已经向它打开内心的轮廓，
高楼都成了纸屑飘飞。
就连悲伤，他都会用默认的
黑色，步我的后尘，我泪水的终点，
仍然是影，阳光不能抵达的一侧。
　"哪怕你诅咒整个世界
它也会坚定地和你保持一致。"

当午时到来，炽热堪比悬崖。
影，隐士。它却开始下雨，要知道
　"润物细无声"，它只是
潜入你的躯体，对你进行调频
时光荏苒，一个樱花般的季节在记忆中淌着，
你看到更多的孩子，希望之光、街道……
——啊，望远镜

故乡

望着南去的鸿雁，
浓浓的乡愁像夜色涌了上来。
故乡，我多想再回去，
回到我的起点，麦穗和童年。
她从不会说什么，她是摇篮，
河流湖泊，都在孕育生命。
当我从云朵的间隙偷看，
她只给你一个神秘的
向往，外面的金色，
那美好的麦芒世界。
她的爱，对于游子，
就是母亲抽泣的腰带。

汪剑钊的诗

汪剑钊，1963 年 10 月出生于浙江省湖州市。北京外国语大学外国文学研究所教授，博士生导师。出版有著作、译作若干种。

老街

灰色的土墙，酒香渗出翻飞的彩幡，
随风招展……
蜿蜒有序的石板路依着排灯的指引而伸展；
湟源的女人轻捷地游走，裙摆飘动
像野性的刺玫花。古旧的牌坊故作镇静地矗立，
绷成一张长方形的木弓；
漫天飞舞着没有箭矢的木棒。

老街，一只灰色的空口袋——
不再艳丽，风情也不再，
只是装满城市的泡沫和资本的谎言。
城关小学斑驳的墙壁
有时间残留的红色语录。
排练场：滴答的钟表在奋力运转，永远
追赶不上时间的脚步。

苹果

雨点，像铜锈一样滴落，
枝头垂挂的苹果是映照世界的最后一盏灯，
在遗忘中挥发孤独的芬芳。

俄罗斯，富饶的俄罗斯
奢侈的俄罗斯，
连金子都会腐烂的俄罗斯……

十月，一个与秋天同母异父的季节，
收获与丧失同时来临。

从俱乐部走出的野狗在吠叫，不知道
世界向哪里旋转。

暮色沿着来路奔跑，
没有路灯，苹果在闪烁……

比永远多一秒

一片啼啭的云飘过，
遮住摩天大楼的避雷针，
而我，把你肉感的短消息握在掌心，
仿佛怀抱一个盛大的节日。

我随手整理了一下身上的红毛衣，
超现实地联想到艾吕雅，
自由之手曾经疯狂地建造爱情的水晶屋。
一项必须两个人完成的事业：

生活，赶在终点站消失之前，
我无可救药地爱你，
那是情感专列对于时间钢轨的迷恋，
永远爱你，永远……

哦，不，比永远还要多出一秒！

诗歌是另一条高速公路

诗歌与路的亲密由来已久，
这并非传奇，更不是高蹈的象征；
作为生命的大美——艺术的纯真，
太阳给出热烈的支持，
流水也曾给出切实的证明，
一群快乐的麻雀追随一片透明的云彩，
飞向蔚蓝的远方……

风，与光在旷野里交会，
蒲公英与泥土结成新的同盟，
把石头夯进地的深处，
哦，筑路的人
永远走在路的前头……
沉默，成为白昼最忠诚的旅伴，
丈量生命的长度；
而在暗夜，他们是隐蔽的
灯盏，穿越身体的屏障，
与月亮遥相照映。

或许，玫瑰习惯为夏天而叹息，
夜莺热衷于歌唱甜蜜的爱情……
而我看见，在尚未竣工的道路上，
尖细的石粒正硌痛筑路者的大脚板，
握紧镐铲的黧黑如焦炭的手掌……
汗水从略显佝偻的脊背
滚落，滋润着干渴的路面，
一根根经脉凸起，

仿佛扛起了世界的基座……

为此，哪怕嗓音如同乌鸦，
哪怕头顶一道比铅铁更沉重的雾霾，
我也要再一次抒情：
哦，诗歌是另一条高速公路，
伸向精神的蔚蓝……

张一来的诗

张一来，原名张家季。1993 年 9 月生于河南省潢川县，现居湖北武汉。工程硕士学历，2006 年开始现代诗写作。

黎明时刻

在黎明的时刻不懂安静
一群鸟的啁啾
惊扰了雄鸡的啼鸣
和一路奔跑着的
我的睡梦，撕裂了一声犬吠
那是场殊死搏斗
我已回到中原
记不清故事的起因
却把沉睡的自己遗忘得干净
我只能画幅地图把整片南海装下
然而却带不走一份粿糕
一座城池
和一朵异乡的白云

张小榛的诗

张小榛，1995 年 5 月 1 日生，铁打的机械妹子。毕业于武汉大学，浪淘石文学社、"十一月"诗社成员。现就职于深圳。

长江大桥上贴满寻人启事

长江大桥上贴满寻人启事，在某个雾气弥漫的下午
我们路过那里。只有无家可归的天使用叹息
轻轻地读它们。它们的纸张都已经泛黄，
就像脚下淌过的水，漂着油渍、菜叶与灰尘。

你看，她就停在那张纸翘起来的角上，
轻盈如翅膀透明的飞虫。

多奇妙呢！现在我们找不到她。
我们为雨水开道，为雷电分路，融化北方数百万年的冬季，
放出南风使大地沉寂。我们一吩咐生长，万物就生长。
我们在钢铁里播种意念，用导线牵引地极，
借此窥探硫黄的家乡、死荫的幽谷。
我们现在能把人送到气球般的月亮上去。
但我们依旧找不到她。

但我们依旧饮用那水，雾气中昏黄的水，
一边举杯，一边告诉自己现在
她或许已经到了阳逻，正骑在黑色的大漩流背上
准备伴着清晨的歌声凯旋；
又或许到了南京，把宽阔的水面误认成一片海……
我们笑着喝尽杯中之物，拉着手互相鼓劲，互相打气：
明天就是新的一天了，我们必找到她，因为众生灵都在
用听不见的叹息为我们祷告。

我们多么害怕我们将要找到她。

光脉冲与童话

衰老是从舍不得扔掉旧东西开始的:
同病相怜的恐惧正侵吞家里的储物空间。
比如他因为买了新打印机而涕泪横流,连自己都觉得莫名其妙。
可能是在那边,光脉冲正将硒鼓敲得咚咚作响。

他多么希望生在稍微大一点的时代,或者一幅皱巴巴的水墨画里。

下雪天他倚在窗边,将自己嫉妒成一堆骨头。
人与人的羁绊像关节,雨天会生锈,酒灌多了会痛风;
即便没什么毛病,也会随身体的朽坏慢慢烂成废铁。
他记得他的朋友——不可一世的富朋友,生的是烟蓝色的氧化膜,
那种蓝色常常能在身经百战的菜刀和炒勺上见到。

磁带们现在都只能放出水声。
二十年前他曾亲手刻录了这些孩子,正如
曾有看不见的力量打印了他的灵魂。
他以为母腹中他听不到热固化的声音,但他分明闻到臭氧顺脐带
传来,童话一个接一个写进小背心覆盖的地方。

A 盘
——你从未好奇过磁盘的序号为什么是从 C 盘开始的吗?

我们曾经拥有 A 盘,在年轻的日子里。
在对面的楼群建起来前,我们曾经拥有万家灯火。

在北方，入冬就是入狱：捆锁我们的包括

干旱、暖气、长椅上失踪的流浪者，

父母双亲，枯瘦的植物，待打扫的坟（上面还停泊着夏末忘了飞

    走的唐菖蒲）。

因此遗忘成为我们仅存的自由。

冬天昏暗的下午，你的椅子里盛放了一小勺记忆，仿佛一座岛，

有未知的神明来，手持宝剑斩断所有通向那里的航路。这样你便

    拥有自由。

你看到熟悉的人发来邮件。你把她删掉，因为你们不再熟悉。

北屋的书架上还剩半盒软盘。它们仍小心封存的数据，再没有什

    么能读得出来。

这想必是某种定数：我们都终将衰老得失去语言，也失去能说话

    的目光。

年轻时，我们曾经将自己的一部分存进 A 盘，在烧荒的火刚刚起

    来时。

有一天我们将和它们并排躺进孤独之中。

连接我们的所有神经元都无法点燃，通往我们的所有桥梁都沉入

    海底。

唯有她眼里倒映着无灯楼群的次第点亮。

机器娃娃之歌

凡是父亲不能讲给你的故事都是好故事，比如年轻时在街上为马

    匹决斗。

或者桃花盛开的日子，一个少女一个少年。

你我都从未忘记任何春天见过的脸谱。

又比如怀胎到一百二十日，你身上长出的第一颗螺丝。

无疾而终毕竟太好，拆成零件才像点样子。

那时请把我的头翻过来朝向天空。亲爱的霍夫曼，那时林中小鸟
　　将唱出憧憬之歌。

霍夫曼抱紧我，藤缠着树，线圈绕紧铁钉。

你没看到我眼中有闪光的字符串流过吗？

欢乐。我趴在天鹅绒桌面上孤独地欢乐。

这欢乐硕大透明，白白地赐给我，如同漫长的孤儿生涯中偶然想
　　到父亲。

无疾而终什么的就算了；我想我还是应当被恶徒拆散而死。

像在母腹中就失丧的代代先祖那样。

注释：歌剧《霍夫曼的故事》第一幕中，诗人霍夫
娃娃奥林匹亚，两人高歌共舞。最后奥林匹亚被人拆散。

一万个圣徒
——致雷钊

快和她接吻吧。已经到了年底。一颗陨石正从远方赶来。

昨天我嚼着花生米，喝掉了柜子里最后一只摄魂怪。

这样忧郁的理由便也库存不足。

过年时你再带一批鬼物来吧（要那种打开瓶塞就能得到三个愿望
　　的）。

最好兑上椰子汁。我要等待陨石，不敢轻易醉倒。

就应允了我这狂欢吧。今夜我既想要木盆，又想驾驭风暴，命令
　　波澜，在水面上写爱过之人的姓名。

今夜我愿无往不胜，饮尽大地之思虑，写一段代码循环一万次，
　　就生成一万骑骏马佩宝剑的星辰。

别对存心不良的星抱有幻想：他们的碎片正排着队等待进入大气
　　层。

你看他们就像牧人醉倒之后，散落在深蓝山坡上的绵羊暗暗地笑
　　呢。

现在一万个圣徒正坐在童年的海底替我保持警觉。

他们喝加过奎宁的金鱼，不休不眠如同餐边柜上的柚子。

长大以后，我就心里清楚，自己终于不会变成树、风、泥土，或
　　什么奇怪又罕见的东西；

即便装进油灯，也不会有筵席、公主和海上女皇。一个愿望都不
　　会有。

怎么蹭也不会有的。绝对不会有的。肯定没有。真的。

真的。出错的那颗星正赶在毁灭地球的路上呢。

它刚刚给我打电话了。

动物园（外三篇）

动物园

再悠闲的家伙也不得不面对

一大早就汪汪叫着的电脑，它会用

湿答答的触控板舔醒你。浮生无常。

早上你冲墙发呆，早餐吃的是米饭和猪。

早上下雨了，雨伞名叫旺财。它一直和你的电脑关系不好。

好久没放晴了。街道两边开满绣球花。

你好不容易踏上地铁，周围的人叽叽喳喳唱着歌飞远。

午饭吃鸡，一只大鸡，它令你蠢蠢欲动。

这种情况午睡很难睡着。尤其是当那本精装书非要往你怀里钻，
　　想让你捋它脊背上的烫金大字。

你这样想：幸好工作电脑听话，不动也不乱叫。

你回到家时晚饭已经做好了。一小块肥乎乎的羊。她那么爱你，
　　不忍心让你饿着。这时你的手机也冲过来

争夺她的善意。你给了它一巴掌。

——就像你打晕你烦人又可爱的仓鼠（或者女友）。

云豹
　　——对永生的默想，给同事们

我们仍在等待 1957 年失踪的云豹。

那个难忘的夜里它就如同火焰逃离木柴，

它的金黄就如同粗糙的饼，噎住每个看见它的人。

云豹蹚进密林，密林中站着远古神仙们留下的碑文。他们

早已在小学课堂的讲述中遗失，埋葬，降在阴间。

但云豹，那团明烈的云豹将点燃他们。云豹不会熄灭，正好像

我不会死去。我将不会死去。人都将在日夜轮转间不会死去。

一大群追逐的蝴蝶落在我们指尖。

但我依然如此祷告：愿上帝保佑那只失踪的云豹。

至今，我们仍在最无望的深渊中寻找它的身影。

被踩死的五色鸟
　　——有关自由，给一个男孩子

那只五色鸟死了，饲养员的橡胶雨靴
是无辜的。是笼子和笼子里的假树
使她像老套的球状炸弹从肝脏位置迸开。

就像一架又小又孱弱的普罗米修斯像摆在五斗橱上。

人们依旧播种，依旧耕种。爱情种到地里，疲劳生长出来。
一颗疲劳死去了，落在地上，就生出许多积满悲哀的籽粒。但她
　　于此无涉：
五色鸟象征爱情，就不得不变得像个象征爱情的样子。
为此她抱紧假山上的假树日日歌唱，为要让世人中的某个记得，
在城市、在田野、在深夜的湖边和山冈上，有一只五色鸟怀着期
　　待死去。

张朝贝的诗

张朝贝，1992 年生，河北邢台人，毕业于武汉大学哲学学院，曾任浪淘石文学社副社长。2012 年底开始写诗，曾获第 32 届全国大学生樱花诗赛一等奖。现居北京。

南瓜遗址

豌豆残茬划破冬天内部，泥浆
流泻的速度，在这鱼塘的废墟表面变钝。
它们从秋天环状的荒芜中流出，流过此刻
春种时节的农妇的身旁，流过
去年那场大火中烧焦的南瓜。这被浸湿的
春天的一角，沾满了文明的盐粒。

那些极适合咏物的油菜花，明晃晃的
日渐肥胖的河水，也从冬天的内部拱出来。
芦苇新芽下的一群蝌蚪，正如失去黏性的
创可贴，眼看就要蜕了皮。

蠡湖之光

谁也没有真正见过那束光。
下午，我们驱车经过这片湖水
和湖畔游客的几声春咳。

无非是一成不变的公园：岸边
梳洗过的垂柳正在无数的快门中
失焦。到处都是反光的人

他们竭力搬运着这异乡的春色
填补自己匮乏山水的一生，一到假日
就随着湖光颤抖不已

地黄

此时观测群山尚不算迟。
傍晚的硝烟凝滞于群山腰身上的
人造盆景。低水位的大坝仍时刻在淌水,

它并不打算汇入水坝外的十里河道。
晚归的槐花摇晃,柳絮打旋,
婴儿车停在大众车旁。

剖开人形玩偶的内芯。此时灌溉山水
为时尚早。蕨类植物的嫩叶预示了
游客们泥泞的封山体验。

沿途的地黄花色更深,根部的泥沙
比平原更高。忽而暮色嶙峋,
我们吸食向斜废墟处微甜的花蜜。

张箭飞的诗

　　张箭飞，女，英美文学硕士，中国现当代文学博士，武汉大学文学院教授。哈佛燕京访问学者（2000—2001）、UIUC 费曼基金访问学者（2004—2005）。

序曲　冬日走过大坳村

五年了，再次来到这个村庄
一年最后的一天，依旧寂寥的冬日，房主没有还乡

水渠两侧的耕地完全荒芜
毛竹蔚然成林，斑茅颓然倒伏

藏在枫杨河柳后的三层楼农舍
门口歪躺一辆生锈的 awawy 共享单车

寂静，更脏的村道，没有一个人影
记得曾惹汪汪吠声：村里来了生人

沿着清澈小溪继续前走
黄昏播撒寒意，我有点颤抖

微风送来呛鼻的柴火味道
三栋大宅耸立在一处山坳

半老农妇端着饭碗，默默站在门前
暮色中，她一定没看见我抛去笑脸

只有一处灯光闪亮，我猜那是厨房
一只老狗呜呜，我闻到腊肉的熏香

村庄变成孤岛，黑夜潮水般漫灌
两三点人家远光，好像海中小船

月亮升上天空，田野一片朦胧
一八一四年的悲哀涌向心中

"The Poets in their elegies and songs"
我要哀歌比邮票还小的地方，百度混淆了它的名字

平汉铁路粤汉铁路接轨于一九五七
这个村庄一分为二，已然半个世纪

每隔五分钟滚过轰隆隆的巨响
京广复线的客货火车南下北上

方圆五平方公里的土地，交错着山林茶场鱼塘稻田
铁路、省道、水渠、山路、溪流勾勒出风景的网点

亲爱的华兹华斯，我的易装缪斯
请赐予我灵感，写下大坳村挽诗

陈卫的诗

陈卫,1970年生,江西萍乡人。1998年毕业于武汉大学文学院,同年获文学博士学位,现为福建师范大学文学院教授、硕士生导师。已出版个人专著有《闻一多诗学论》、散文集《美国家书》、诗集《旗山诗歌练习簿》等。

孤独

谁能说得出孤独的滋味
它比太阳更热比月光更冷
比晨雾更朦胧
比夜空的星星更苦涩

它长在湖边随湖水摇荡
芦苇的飘动是对它的模仿
在山中遇上它比密林更密
更不透光　比巨石更巨大
比悬崖更悬更险
你搬不动它　你只能摇着双手
向着天涯

它的根比你的家族
更长　远古的亲人
谁肯亲自告诉你
只是将它和爱一起种下
让它长出死亡
也长出飞翔的翅膀
长河穿过它九曲回肠

其实我早已不害怕
辽阔的孤独狭长的孤独
绵密的孤独浩荡的孤独
只是当我读到你的诗
好像看见你经过我的窗
送来徐徐星光

你在孤独中品味过
种种孤独又耕种在我心上

寂静

日子平平常常　抱着孤单说话
旷野的树木　本来棵棵荒凉
你住在世上　红尘与你不分
你若感孤单　孤单举世成双

世上住了欢笑　欢笑在你心上
世上住了苦痛　苦痛在你身上
世上住了寂静　寂静在你手上
你若守住寂静　苦痛便在你脚下

你的心不动　寂静不动
你住在世上　寂静也住在世上

陈建军的诗

陈建军，1964 年生，文学博士，武汉大学文学院教授，博士研究生导师。主要从事废名研究、现代文学史料研究、演讲理论研究、写作学研究、语文教育研究等。已出版《废名年谱》《废名研究札记》《掸尘录——现代文坛史料考释》等专著，编订、主编《废名诗集》《废名讲诗》《桥》(手稿排印本)、《丰子恺全集》(文学卷)、《远山：徐志摩佚作集》《演讲理论与欣赏》等著作、教材数十种，在《文学评论》《文献》《中国现代文学研究丛刊》《鲁迅研究月刊》《新文学史料》等报刊上发表论文百余篇。

乡村的夜

乡村的夜，
黑得简单而纯粹。
透过伸手不见五指的黑，
我知道，
对面山腰一棵光秃秃的枫树上，
喜鹊正在巢中做着明朝的梦。
村东头一匹似睡未睡的黄狗，
时刻提防着风吹草动。
瓦屋顶传来痛并快乐的声音，
那是两只小花猫在高调地叫春。
隔壁的大公鸡又伸了伸脖子，
准备打完最后一遍鸣。

乡村的夜，
黑得丰富而厚重。
有太多生动的内容我并不知道，
因为我对白天的乡村知道得太少。

诗人之死
——纪念海子

火车飞驰而来
紧张而颤抖的汽笛
发疯似的喊着你的名字
你静水般躺在温暖的铁轨上

仿佛听到有个声音在轻轻地召唤你
当火车抵达尔的小站时
你突然想给人间留下一首诗
每一节车厢都是惊心动魄的诗行
诗行之间没有标点
你用身体敲打着咣当咣当的节奏
在几秒之内
吟成一首关于死亡的诗
没有谁看过全部内容
只知道最后两行写的是
从明天起
做一个幸福的人

活着的理由

春风摇醒了窗前一株树
满树的花苞怀着同样的心事
静静等候在赤条条的枝头
一夜间
所有的花苞以不同的姿态打开
一株树成了一树花
每朵花不需要一片绿叶
甘愿独立绽放自己的欲望

一树花的存在
给春天出具了一张凭证
一朵花的存在
却给了我一个活着的理由

致废名

你是深山隐者
在一个镜里偷生
自喜其明净
人间的影子你不恐怖
你的梦中一片光明
你认得人类的寂寞和悲哀
那里没有生生死死
在你的世界

你是梦的使者
是深夜里的一盏灯
是地狱门前的一朵花
是宇宙中一颗不损坏的飞尘

陈勇的诗

陈勇（矛雪忘），1967 年 11 月生于河南新乡，1989 年毕业于武汉大学中文系，曾任浪淘石文学社社长、《大学生学刊》主编，与李少君、洪烛、黄斌、阿杰、孔令军、张静发起成立珞珈诗派。诗作散见于《人民文学》《诗刊》《十月》《中国作家》等报刊，曾获诗刊奖、十月文学奖、闻一多文学奖、大河诗刊奖等。现居北京。

绝不放过任何一个过路的春天

1

从左眼到右眼
一个春天的行程就结束了
桃花运只剩下预告片
骑着一瓣桃红顺水而去

站在岸边对影，伤逝是难免的
所谓伊人谁也说不清在水哪一方
兴许被折到书的哪一页了
桃花落时，便蹲在一首诗里轻咳

寻芳的脚步正穿过雾霾
被五十度灰加持过的城市
呼吸的深度越来越依赖风力
蓝天比一场春雨还要昂贵

2

被正午的阳光吻过
这初恋的桃花便脸颊发烫
在似有似无的风里轻轻忸怩一下
就把一条曲径晃成了醉汉

杂沓的脚步踏春而至
沿着草长的纹路做深呼吸
赏春的密度还在加大

最美的春色，恨不得插进肺里

春色撩人啊，至少在怀春之夜
每双失眠的眼神
可以尝试各种体位的飞翔
在晨曦抵达之前，让春心安顿

3

一只野天鹅撩着湖面
眼波里浮现另一只的倒影
也许就是个幻影
走近了反而失去了真实

每一个过路的春天
越来越像加在陀螺身上的一道鞭影
我祷告的下一个
是更好，还是更不想要

但，绝不放过任何一个过路的春天
就像你扮成劫匪飞骑而过
一把掳去我青春的心跳
至今，仍只剩毫无建树的空巢

我的柔软有一层铠甲

每一次迎风流泪
都像老不堪用，若伴以两声轻咳

岁月对我便有了切齿的咬痕

入秋了，回忆渐生白胡子
春天把最性感的鞋底磨破之后
借过的道路便可以一寸寸退租了
所有动情的故事，拴在井绳上
每一桶打上来的水
都晃动着当年熟悉的波纹

但你还是打动不了我
如果你连自己的柔软都触摸不到

打发时光的另类方式

虽然不够理性，谁又能阻挡内心的投靠
一整条河流都在倒影中淘洗着秋天
那些在春光里错过的，遗憾甚至暗怀的
都可以到飘零中，抒发一生的感伤

一次优雅的飘零就足够了
最美好的时光，经不起一丝的恍惚
那些不能结痂的吻痕，在傍晚的秋风里
比伊人醉后的眼神更加深不可测

打发时光的另类方式，并非制造了多少惊喜
是内心的镰刀，向最丰盈的麦田，交出毕生的主权

大道阳关

1

在阳关，玛瑙酒杯刚一碰到日头
无数条道路便摇着驼铃卷土而来
历史的乡愁围积在此，绵亘千年
一只蚕的流涎里横贯着欧亚大陆

我以一支竖笛的节拍，把风尘轻拭
把阳关高昂的石碑举过时光的地平线
从长安、汴梁到顺天府，从唐诗、宋词到永乐大典
所有的盛世都在小夜曲里荡过秋千

所有文明的关牒，都不吝于把干戈化为玉帛
把通天大道和闯海码头收入阳关的布袋里
即使百代之后再度出发，也要见证这复兴之旅
怎样让一个几度强盛的古国，重新伫立在珠峰之巅

2

月朗之夜，胡马的嘶鸣，把我从一首边塞诗中揪醒
故国的烽燧只剩下凭吊的废墟，玉器堆满了胡床
兵戈鸣镝埋进了沙砾，将军换了朝服
挂满宫灯的城阙上，贵妃的醉意俯视着能见度最好的山河

这妆奁了和平的镜像里，一条摆渡于时光穿梭机的丝绸之路
从阳关的肩头飘过，在大漠雄鹰的瞳孔中留下倒影
你好，请把波斯、暹罗、雅典、罗马的城门打开

让郑和的船队驱使任意一朵浪花，开遍沿途的岛礁

就像史册里驰行的高铁，一条接近于起飞的蚕
用轻柔的丝巾在大地上轻轻地挽一个结
面包与馅饼、热狗与披萨之间的冷漠或疏离
便在同样的味蕾上迅速和解，万众归一

3

这是在驼峰上汇聚着无限热能的阳关
东来西去的商贾，运载着布匹、丝绢、瓷器
把无数驼印摁进古都的喧嚣和繁华
让饥饿、贫穷与战争在文明的酒幌前打烊

这是被友谊的大道反复印证和签注过的阳关
陌生的面孔正变脸为故人，握手有了温度
一团和气的贸易让秤星懂得了谦让
任何敌视和对立只会令饱胀的欲望两手空空

这是庄严的界碑不再筑起门槛的阳关
美酒、茗茶和咖啡的香味弥散在同一扇窗前
当友好往来不再浅唱于外交辞令，那也不妨
在琳琅的店铺与街衢之间坐落为一种俗套

4

这是大道起于阳关而通于世界的复兴之梦
每一个星座都把漂流瓶写上中国的名字
所有的花都摊开掌心，被正午的阳光所加持
被敏锐的时尚追逐的旗袍，可以将 T 台直译为丝绸之路

我在昼与夜的切换中对视着这个世纪之梦
我在一粒细胞的渺小中推算着伟大之大
如同阳关以石碑为准星，校订四通八达的大道
如同一匹丝绸，足以调动任意一条陆路或海路的神经

世界，我来了！带着历朝历代出土的名片
一面是驼铃摇曳、轻纱遮面，一面是渔歌唱晚、绿岛浮浅
大道阳关之上，筑梦的中国正破空归来
千年丝路醒转的一刻，正是花枝春满，天心月圆

陈翔的诗

陈翔，1994年11月生，江西南城人，毕业于武汉大学新闻系，现居北京。曾获光华诗歌奖（2016）、樱花诗赛奖（2015）。诗作少量发表，散见于《诗刊》《星星》和《中国诗歌》等。

拿洋娃娃的少女

木椅盛放着她的美，似乎
美，也是一种静物。
在暗红色的梦中，她坐下，
直起身，身体像一把伞，
渐次打开；椅背支撑她
柔软的伞骨。根根手指
环绕易碎的洋娃娃，像一束词
环绕少女的心；她把它
抱在胸前，如同一桩心事。

倚坐在寂静中，她颀长的上身
缓解了画布；种种色彩落下
有的在开花，有的在老去。
这里倾斜着一条静止的河流。
从额头到脖颈，容纳光
仿佛器皿容纳水。少女
侧耳倾听，自身暗涌的战栗；
她圣洁的脸上，有月亮和雪
在无法触及的天空闪烁。

此刻，观者似乎变成了画家，
用意念描摹一个不存在的模特；
当目光在画框里移动，画笔般
勾勒出这困境中的少女。她
鸽子般的眼眸，永恒地落往别处，
谁都无法获取她的金发和红晕。
即使镜头再慢，呼吸再轻，

我们也只能占有她美的一半，
那另一半，交给这首诗来完成。

雨中曲

声音熄灭。舞台上幸存的灯光
让我们所在的场所变得亲密。
琴弦来自海深处，预感中的雨水
终于降落到我们身上，骨头
颤动着醒来，来到了此刻：

音乐会在春天的雨中奏响——
笛、提琴、簧管、小号、定音鼓
这些数学的形状，这些金色的耳朵
在乐师们手中，被拨弄，制造出
清洁的旋律，和雨一起充盈这温室。

像湖泊拥有同一片天空，我们
拥有同一片屋顶，在音乐的房间
每个人做自己的梦，连血液
也感受到起伏，空气是自由的
我们心上的穹顶轻轻旋转。

雨落在房间里。似曾相识的雨
千百年前，也曾落在与你我相似的
陌生人眼里。那时还没有音乐会
他从哪里听见了这奇迹的歌？
他像领受圣餐那样领受它。

在历史和无常面前，我们同样是
被雨溅起的尘埃，承受匆匆的
痛苦与爱，轻易陨灭的生活。
而雨水并不懂得这些。它像时间
没有记忆，只是一次，又一次地

发生着。短暂的空白过后
雨和旋律重新进入我们。耳畔的
寂静水珠一样滑落，带来
潮湿的香味，回忆和盐：
音乐有一副自己的感官和心。

雨继续下，在没有尽头的世界
在没有出口的夜，在我们体内
黑暗和光交替，像钢琴上的
黑键和白键，像一片云和它的阴影
灵魂并排坐在阴影下，用耳朵触摸音乐。

真实的光线最后降临，把
全部雨水收回它透明的伞内。
现在，雨离开了这里，真切得
像一场死亡。我们将被留在原地
如同大海退去，那些被留在岸上的贝壳。

回音湖
——兼寄仁浩

水下的世界无疑更加真实。
那辆车停在近处，红蓝闪烁的
灯交替照亮酣眠的植物。
这无来历的夜，内心的黑暗
上升，渗透 1/3 画布。一根银带
把两个相反的世界系紧；
男人穿白衬衣红领带黑裤子
踩住了湖深处的自己。

水下的世界无疑更加真实。
双手托举面孔，张开嘴，
当痛苦变成一记元音，滚向
湖面，又像粒球旋回他的躯体。
那张未成形的脸，绝非倒影
而是来自另一个世界的凝望；
人只能进入一次河流，他无法
像耶稣一样在水面行走。

水下的世界无疑更加真实。
要在这支色彩交响曲中，辨认出
自我并不容易。从倒转的方向
湖水延长了你的一生。水中人
像片落叶紧贴潮湿的蛛网；
当你出神的瞬间，他会再一次
走出湖面，揭下你的轮廓
穿在身上，把你放回最初的位置。

星空

"无限小在无限大地重演。"（罗伯特·费拉德）

寂静把我们推向猎户座，
身体似乎在上升。云朵般宽阔
的沉默溢出了画布，面对
这些陨落的数字和银色的纤维，
除了深入，我们别无选择；
沿着植物的道路——
从黑暗中破土而出，像爬一个坡
缓缓升入愈来愈白的茎秆，
然后停下来，等待
一个信号，把果核内透明的
血液输送到系统的各个器官。
这样的形成或许要亿万年之久。
但就在我们观看的时刻，
天空的湖泊已经干涸，花瓣上
死亡统摄了一切；星座在萎缩，
几个灰色的光点缀连起木乃伊：
一具比我们更小的尸体，在眼前
述说着宇宙的生、老、病、死。
星空破裂了，那些花萼上的眼睛
曾经比人类更多，比黑暗更美，
如今全变成明亮的霉斑和晦涩的碎片。
它们漂浮，被遗失在时间和空间
之外，凝固成大气中小小的泪水。

未遂的雨

出来的时候，雨已经
停了；地面的水渍
表明它来过。这些湖
铺展它们的空与冷，大不过
一片玻璃。我们走在玻璃和反影
中间，风摇动叶片，雨点
落下，破碎的声音
像瓷器。某种强烈渴望的东西
拒绝了我们；吸引，又推开
正如一块急转的磁铁：
一次未遂的雨。
磁场仍在。我们移动
在空旷里，在时间里
进入树和天空的界面，分开水汽和云
就像分开春天海岸的流沙。
没有什么被破坏，也没有什么完整；
一些事物正从我们身上掉落，
而我们还不了解那些名字。
雨重新开始。像针咬破了大气；
眼前的一切，街道和身体
将越来越潮湿。我们继续
走，不知道它什么时候会停。

述川的诗

述川，原名李义洲，1992年生于江苏常熟。毕业于武汉大学文学院，现居北京。作品散见于《诗刊》等。

出殡

其一

所有人开始围着你的小房间
转圈，如同滚动的蛹，却没有新生。
只有一格天窗，开向我们这些活在外面的人，
死亡仿佛月光，寂静坐满了你的嘴唇。

我知道黑暗里有什么。
一根拐杖，你常穿的中山装，
年轻时候的鸭舌帽（我还曾见你戴过），
更多你也许用得上的东西。火焰是唯一可托付的邮差。

何去，何从？我们日里叠金箔，夜里叠银箔。
金箔叠成金舟，银箔叠成银舟，此刻都泊在你枯萎的岸边，
你做过船工，在病榻上向我讲起，我想递出手，我想你会登上哪
　　条船

唢呐如号。抬棺人解开船锚，我们就被抛在了身后，
屋顶远了，路牌远了，白色的夹竹桃远了。他一层层打开套盒，
他越升越高，直到听不到地上的哭声和口角。

乌鸦飞过东四十条

阴沉的天空响了一声乌鸦叫
只有它能看到晚高峰

光秃的头顶

没有什么新鲜事到来
变换的只是不断淤积的车牌号码

一只乌鸦飞过东四十条

黑色的眼珠里映出森林的图景：
无数队蚂蚁正在拆解鱼鳞

永恒的黑色伸展开手脚

我的心底忽然涌现出几滴往事
又迅速被鸣笛蒸干。看，垂直的玻璃湖面

乌鸦无法在上面投射出它的影子

而我快与影子无异。黄昏将人拉成
一根细针，斜斜地插入红绿灯的间隙

乌鸦来回地穿过你的针眼

它在找一截
覆雪的松枝

尚斌的诗

尚斌，毕业于武汉大学。出版诗集有《月光凶猛》。做过国家、省部级主流媒体新闻记者。现居上海，从事新媒体运营。

车抵红海

日落黄沙　车抵红海
一切风浪都知趣而退
只有沙漠还久久不愿舍弃
一路上路灯比植被还多
寸草不生成为一种最盛情的告白
车上更多人还在入睡　有三两健谈者　转述
埃及导游帝蒙昨天的感慨
我们埃及就缺一个邓小平　无计可施
仅有金字塔纸莎画香精和苏伊士运河是不够的
无物可买其实就是一种神谕
埃及还在烟花燃尽后的黑暗里　对标
突然有一种杏雨江南白山黑水的满足
赠予阿拉伯侍者圆珠笔 的一刻
我仿佛化身为一个东方文明的布施者
有点傲娇
却始终没有流下泪水

罗振亚的诗

　　罗振亚（1963-　），黑龙江讷河人，南开大学穆旦新诗研究中心主任，文学院教授、博士生导师、副院长，享受国务院政府特殊津贴，2005年入选教育部"新世纪优秀人才"，为中国作协诗歌委员会委员、中国新文学学会副会长、中国写作学会副会长、中国闻一多研究会副会长、天津市中国现当代文学研究会会长。出版《朦胧诗后先锋诗歌研究》《与先锋对话》《中国现代主义诗歌流派史》等专著十二种，诗集一部，在《中国社会科学》《文学评论》《文艺研究》等刊物发表文章三百余篇。

在家乡的一片麦地前　我低下了头

仿佛是割一缕一缕的阳光的
刷刷作响的镰刀
和地面保持着弯而钝的关系

北方的麦子不懂象征
更拒绝那些泛酸的比喻
一株株不能再普通的农作物
身体和灵魂都只属于自己
该破土时破土
该灌浆时灌浆
该脱粒时脱粒
芒就是芒　穗就是穗
成色好坏一律用头颅说话
风来颔首
秸秆们彼此支撑
即便身躯瘦弱
也拼命举起一束温和的笑意
至于来年被选为种子
还是被送进某人的肠胃
似乎并不在意
它们多像我的亲人
静静站在秋天里

习惯在城中昂首走路的我
面对记忆中从未高过童年的麦田
突然低下了头
天边　有一道白鹭的灵光飞起

村后那片高粱熟了

在农作物的家族中
或许她与太阳恋爱得最久
因无意中走漏了温暖的秘密
脸颊红得如晚霞的衣裳

她拒绝干瘪的谎言
为了以饱满的样子见人
聚拢的果实纷纷亮出旗帜
根拼命吮吸泥土和风的营养

站在讷谟尔河畔
她压根不认识写字的莫言
就是演戏的巩俐驾到
她也不会像身旁的向日葵
随意转动自己的头和目光

说不上漫山遍野
漫山遍野只是历史树上结满的意象
倒是酿制的女儿红
醉倒过全村的月色和十里八乡

是在静候主人和镰刀的抚摸吗
一群麻雀的叽喳声飞来
从这一株跳到那一株
却怎么也越不过她生长的眺望

玉米姑娘

最后一株玉米被弯镰割倒
秋天　又多出一处伤口
一阵风过
熄灭她屋里亮了八十年的那盏灯

玉米是村子东南地里的一片庄稼
也是村西头王二木匠的七女儿
因为是母亲收玉米时生的
玉米就成了她的学名
别说无"七仙女"的娇气
天生粗壮的她甚至讨厌脂粉
父亲说女孩家早晚是泼出去的水
读书比不上做家务实称
于是烧菜、洗衣、打猪草、捡麦穗
是她每年必须温习的功课
十八岁玉米一窜红樱儿
就嫁给了村东三十多的李大兴
她每年开一朵花
每年开一朵花
第五朵花刚开三天
喝醉的李大兴拎着酒瓶
在女儿的呼唤声中走了
至死没再现过身影

玉米姑娘紧紧咬了二十年牙
把乌丝咬成白发
把月亮咬得缺了又圆圆了又缺

直到五朵金花的香味先后飘进
省会的大学城和工作单位
她脸上才绽开舒展的笑容
花儿们请她上楼被先后拒绝
她清楚黑土地长出的庄稼苗儿
移入钢筋水泥周边的花圃
不但要遭遇撕裂的痛
更有随时枯萎和死亡的可能
而后她依旧打理家里的五十亩地
侍候着公婆圆了回归泥土的梦

她走的那个晚上天格外黑
村民们泪水打湿的北方小村
平静　也不再平静

拧紧这一枚螺丝你就休息啦

你在别人眼中只是一副不锈钢扳手
可在我挎包里却整整居住了五年
与我身体的亲近甚于我的恋人
比生母更熟悉我的体温和呼吸
每天用你旋紧或放松各种螺丝
就像转动母亲和恋人胸前的纽扣
抚摸夜空里沿着轨道运行的星球
虽然对美的遐想与痴迷擦伤过手指
苍白的皮混着殷红的血
为寂寞的夏天开出几朵绚烂的记忆
想不到青春结下的痂里

也埋入了钢铁的硬度和生长的声音
看似冰冷的物体其实是人生最好的导师
当然谁都奈何不了水中推翻前浪的后浪
自动化的狂风早在拍打着乡企的大门
从明天起我将操控自动拧螺丝机
据说这种机器的效率超出人们的想象
美中不足的是它流水线似的运转
看着如同阅读一封封印刷体信件
工整清晰无比但没有一点儿人的气息
老伙计我很舍不得与你分开
再拧紧这一枚螺丝就让你休息
此后你或许只能成为抽屉里尘封的秘密
我会时常过来与你聊天
不仅仅在梦中更不是随便说说而已

卖菜姑娘

来不得天上仙女的婀娜
也没有城里时髦姑娘漂亮
粗布连衣裙　真诚的微笑
和公平秤的足斤足两
是我在郊区早市的全副武装

五颜六色的憧憬也曾开满花季
九月霜降父亲肺癌的一纸报告单
将弟弟加速度的青春期划伤
在云里挣扎三天太阳终于露出笑脸
我和大学录取通知书在火焰中

一起学会了遗忘

想把屋前的小园摆上菜摊
让顶花带刺沾着泥土的果实们
带着鲜嫩的绿色问候
走进顾客的菜篮和目光
卖菜就是做人一点儿不能掺假
这样在家的妈妈才不会心慌

车里的菜转瞬卖完
一只喜鹊栖在路边的榆树上
我发现老榆树朝阳面光影闪烁
背阴这边同样满眼葱茏
只要在树上生长
哪儿都能成为枝条最好的方向

和一位水暖工交谈

夕阳望着他皱纹深刻的额头
我们在异乡曼慢聊起家常
他老家在结了冰的黑龙江讷河
千里之外的雪花总在梦里纷纷扬扬
水暖工作看起来简单其实又累又脏
如果每户都有满意的温度
心里比喝了二两小烧儿还踏实
不自觉中常把东北小曲开唱
可是老家恐怕很难再回去了
父母永远走了责任田亲戚承包

出来太久连庄稼都不认识自己了
握着锄把的手有说不出的别扭和忧伤
虽然天津话听着不像东北嗑那么顺溜
煎饼果子嘎巴菜咋也抵不上碴子粥可口
就别提那漫山遍野的大豆高粱
石油煤炭森林到处是宝藏
更别讲猪肉粉条小鸡蘑菇
仿佛能够刺破夜幕的穿天杨
都说现在大家住在地球村里
我也说不清自己在村里的位置和方向
只知道来到城市想念大雪的洁净
回到家乡又惦着那些输送温暖的管道
是否听话是否通畅

牧南的诗

　　牧南，毕业于武汉大学中文系，在海内外发表诗歌 500 余首，发表中篇小说 10 部、短篇小说和散文若干。作品入选多种选集。出版有长篇小说《玫瑰的翅膀》《姐妹船》、诗集《爱雨潇洒》《金玫瑰》《望星空》等。《人民日报》《光明日报》《文艺报》《中国艺术报》《当代文坛》等报刊发表有相关评论。现在北京某中央单位工作。

夜风

1

一颗星
一朵爆绽的棉花
一个人
在一团吸满墨汁的棉花里挣扎
这个夜，没有盲人
可谁能看见，你的抽泣
引爆了北方的秋夜
烫熟了这颗痴顽的灵魂

人与花朵
到底谁在模仿谁的姿容？
放掉出山的清泉
泪和露珠
到底谁能照亮谁的忧伤？
几千年的历史
从未中断过哭泣
这一刻，疯狂就是理智
这一刻，耻辱就是荣誉
这一刻，风哽咽着流星
死亡也不能证明
那些为信念献身的人
到底带走了多少永恒的真实

泪水淹没的夜
在最后一只夜莺的喉咙里，睡了

翻开春天的日志
真实，是多么稀少
而又有多少一时的真实
戕害了多少一心皈依的性命
那边的阳光如此透亮
此刻的人却如此暗晦
泪水倒映的时刻
是一个个劳累的词语
一幅幅插图里跃动的
是一页页非人的风景

2

夜，在喘息中回忆
那个葱翠的山谷最初的男女
回忆那看不见的
无所谓爱憎的涟漪
汗如胶泥，谁在黑暗中呼喊？
没有名姓，那一刻还不知道是女是男
天空低沉，谁在黑暗中诅咒？
疼痛无边，骂不清那是谁造就的苦难
就等那一声哭点亮夜色
点亮那凡眼看不见的册页
就等那一阵叫喊之后的絮语
碾轧相互折磨的灵魂

如果人类的历史
不过是不断排除的苦难
人，遵循什么道路前行？
如果地上遍是罪恶

谁还在乎高尚的荣誉？
如果人间充满谎言
谁还渴望坚贞的爱情？
爱也占有恨也占有的人生
谁在墓碑上默默悲悯：
当生活比生病更令人讨厌的时候
谁还能医治无奈的生活？

纯真之为纯真
就是一旦失去了就不可再修复
理想之为理想
就是一旦被摧毁就只剩下幻灭
血腥弥漫的大地听不到爱的晨曲
狼烟笼罩的历史闻不到花的清香
有多少颗孤独的灵魂
就有多少个永恒的谜语
谜面多么优美，优美得只能赞颂
谜底多么艰涩，艰涩得只剩哭泣
人类永远失去纯真了吗？
祖宗的遗产只是多疑的夜色？

3

夜，在咸苦中翻腾
等待新一轮启示
一道红光闪过恋人的窗口
夜，在杜鹃的啼唤中为黎明穿衣
谁会在一大早翻阅血的历史？
没有记录第一个呻吟的病人？
没有记录第一对相爱的恋人？

没有谁愿意在爱的花园里
栽上一棵臭椿或者毒芹
泪与血在哪里开始最初的连接？
血花之果是否还在泪花中生长？
母亲应许之地，血，就是命运

血，在哪里等待
等待热泪在晨风中开花
泪，在哪里等待
等待丝绢轻拭的温暖
大禹门前，再也看不到大禹的身影
乌江边上，再也听不见乌骓的嘶鸣
只有风包容着这一切
但，风也在呜咽
九月，谁能让铜像以泪洗面
谁能让烈火去拥抱坚冰？

笑吧，笑世间的一切悲剧
一些陌生的声音从你身上醒过来了
一股奇异的香味从你肩头飘起来了
远远地，与在桅杆顶上
过夜的海鸟对视
岸，在海浪永不疲倦的爱抚中
变幻出母性的浑圆
温暖的睡眠之后，惴惴不安的猎人
看着蹦跳的小鹿跑进薄雾袅绕的森林
紧闭的金合欢望着挺拔的红杉
想起昨夜没有舞台的颂赞
想起萤火虫一闪一闪的叹息

4

晨曲，将从你的指尖升起
你在演奏，你就是音乐
你在聆听，你就是风云
一条新的地平线
将从迷迭香马鞭草的清香中升起
来吧，呼吸的旋律
来吧，灵思的涌泉
每个人都有自己的吉日良辰
爱一旦运行
万物就超越了自身

人类是大地的酒曲
你是酒，你就是芳香
你是歌，你就是迷醉
那只凤凰说：
一个真正的人的舞台的建成
就是一切生灵的宇宙的再生
如梦的烟霞，星星的河流
大地上攀爬的道路，呼喊的乡村
海水摇曳的城市，炊烟扰动的森林
还有耕耘过数千年的田野
还有你们——沟通天地的风
吹过来吧

从怀抱苦难的臂弯中吹过来
吹散这纠缠数千年的荫翳
吹起那片秀润的天空
不要总想着开花结果的事情

不要奢望老虎眼中的黄金
让黑暗说话
让河流冲破朽坏的堤岸
让你的黑发
扬起山花怒放的黎明

周中华的诗

　　周中华，生于 1960 年，漫画家，国画家，哲理诗人。1986
年成为中国美术家协会会员。原《中国青年报》编辑，全国青联
委员。现任武汉华夏理工学院艺术专业教授，珞珈诗派研究会理
事会理事、湖北省文化艺术交流协会副会长，武汉漫画研究会副
秘书长。漫画《职责范围》获第六届全国美展优秀奖。《羡慕》
获日本读卖国际漫画大赛选考委员特别奖，并被选为 2011 年全
国高考漫画题。在北京国家博物馆举办"周中华漫画展"。关于
他创作事迹的报告文学《审丑者》刊于《人民文学》杂志（作者
祖慰），并获全国报告文学优秀奖。其漫画富有哲理性，独树一帜。
其国画大气磅礴，隽永秀俊，意境深远。其哲理诗歌构想独特，
哲思深邃，刊载于《人民文学》《中国青年报》和《爱在天地间》
等诗集。

有些恐惧来自想象

一不小心
视线会碰到你脸上的线
那是一张看不见的网
在断裂处
也有紧密的关联

如害怕它的复杂
就会被它拦在外边
而我知道
所畏惧的不过是自己的想象

这些线
每一根都来自于光
而撞到它的那些想象
源于黑暗

郑维予的诗

郑维予，女，出生于 1998 年 8 月，籍贯湖北。2016 年毕业于华中师大一附中，现就读于武汉大学。

我曾感受过一双手

我曾感受过一双手
它在暗夜里流转
指尖蒙住月亮的光阴
我曾感受过一双手
它在火球下炽热
捧着带火的琉璃眼
目光灼灼

它曾在山阴乌泉欹吮涌动与嘤呢
它曾攀越千山
也曾沉入涂炭
它也曾形销骨立槁木死灰
螳臂当车

它呼啸过夜不能寐的苇草的摇曳
它解开欲念淤积湮塞的浑浊
它渗入昏雾晨霭的死气沉沉的密不透风
它斩破褶皱嘎吱咀嚼钟声与猫头鹰一起流离颠沛

我恰好能感受到这双手
它来势汹汹
咄咄逼人

风雪夜归人

我在大雪里奔跑
我在没有阳光的稻田里奔跑
我在只有毫厘的泥里奔跑

我似乎在喘气
像阿拉丁神灯壶嘴里的鬼魂
归人显现出的姿态无处可逃
不是刺骨一样
是网状的打了死结，缠住
凶狠又偏狭却又尤其温柔的冷密
把惹恼的柔软甩下去，甩到背后去
快一点，快一点，再快，再快
快！快，快

俯冲下来的好像，是俯冲下来的好像
是我曾经弄丢的影子
是我曾经弄丢的影子
弄丢的影子

喉咙里右手掐住，非要挤出破碎
胸腔里乱撞的不是小鹿，是沉沉的锈斑
间杂着苦水晃晃嚷嚷
它极其不舒服地死死捶打我
敲出的颜色像燥，捶破的哽咽却不似血

我扭打重重摔进泥巴里的雪，他们踏落在麦芒上的脚步酒酣耳热
我原始野蛮地俯冲下稻田的泪，他们闪烁在年味里葳蕤繁植

我咯出血地嘶喊到整个世界，他们在新生的娇宠里亲昵熠熠生辉
我用手指把影子它的喉咙从皮毛开始一点一点抠出血，他们蹭着
烫得快熔化了的雪夜咀嚼热热乎乎的意足心满
我被剩下着吞咽雪夜的归去和归来时，

呵

有一个地方
有海市蜃楼绝望的锃亮

没有人在我的时区

眼皮在镜子底下打了好几个结
肿得成了壳
潮湿气息蒙蒙的神色，剁烂的翠，呛着生疼。
旁边榕树拼命伸出棕白色的柳枝条，想把自己死死框在正方形的
　　盒子里
白色的狗甩开一边的耳朵，裹满泥浆
水里有人刷着绿色刷子，把他染成了紫色
被钓的鱼，想把钓他的人又钓下去
硬得嚼不动老木头一半挺倒在水的影子上
拔出根，却给自己留了张座椅
然而他们，我，没有引起他们任何的注意

一条驼背的倒影坐在栏杆上
　"我真的很想拉住他"
但是一绺盘发把木桩给缠住了
尾巴就把他散开

然后三颗长方形的长满青草的牙齿被我绊了一跤
上面整齐地摆放着繁杂的车铃的来往和一步一步里
灰尘的躁动
碎的钟点半眯着眼翻身，四仰八叉地
分割了疲惫不安的石头，压抑

"等黑色漫开，深绿涨上来"
即使我把最大的裙摆半圆形一点一点地铺开
铺满整条长椅
也不会有鱼，好奇地装成蚂蚁的影子窜出来瞥一眼
也不会有青蛙
从装满草的木头盒子里钻出来大声叫我

我没有想
这是匪夷所思的笑话
我没有在保险柜里存剩下的一只丹凤眼
我没有欺骗的乳白、霜白、草木白、象牙白和珍珠白
没有旁边的向日葵愿意在夜里搭上我火车的气息
好像隔绝呼吸，我被挤出三角形的镂空的房子
一墙之外塞塞窣窣地摸索过来，我的呓语
爬满枝藤。

我在我的时区里
而，没有人在我的时区

荣光启的诗

荣光启，1973年生于安徽省枞阳县。1995年7月本科毕业于安徽师范大学中文系，受"江南诗社"影响，毕业后开始写诗。著有诗集《噢，恰当》（上海三联书店，2014）等。博士毕业于首都师范大学。现任教于武汉大学文学院。2009年6—9月，为北美华人基督教学会年度访问学者。2010—2011年，为美国伊利诺伊大学香槟分校的费曼项目学者。2008年3月，获"中国十大新锐诗评家"提名。2015年7月，获"安徽诗歌奖·优秀评论家"奖。2015年8月，入选湖北省作协首届湖北文学人才。

擦拭

那孩子只有一岁
但已经知道追随大人
她效仿的第一件事情
是劳动
她喜欢拖把喜欢抹布
白天在练习左手拿簸箕右手扫帚
多次摔跤
坚持不懈

夜晚的时候
我看到她趴在桌子底下
使劲地擦拭着
始终不能完工
后来
我们明白
她擦拭的是一块阴影

她对世界有一种责任心
这是西西弗斯的童年
但比那人的童年多出许多亮色

梦境

这孩子五岁的时候
开始叙述自己的梦境

"我告诉你一个秘密
昨天晚上我做了一个梦
美梦"
"可以与我分享吗"
"不可以
这一点我信妈妈的
秘密就是那些不能分享的东西
不过
我可以和你说另一个
它是噩梦……"

"为什么这个可以分享呢"
"……噩梦
反正你们都知道……"

用途

汽车不能用来行驶
常常在路上趴窝
道路不能用来到达你
将我直接培育成焦虑与绝望
人有美好的心
却不能用来相爱
这个月只有一颗卵子
却不能用来生育

我来自于你
但因为你已经被取消

我已经不能说出自身的用途
这秘密的档案
谁人能够开启
何时能重见天日

破事

这位伟大的中国诗人
站在孤独的讲台上
满头的白发
对着大厅里黑压压的灵魂

在聊起同时代的小说家的时候
他说到某些人
文本里面最精彩的部分
"也就是床上那点破事"

从他语气里
我还听出了他对性的轻蔑
那一刻
我对他充满同情

性、夫妻、
爱情的历久弥新
奥秘、令人震颤而艰难
同样是一件伟大的事情

手艺

这个腼腆的男人
在说起他的老婆时
脸色红扑扑的
他说："对待你爱的人
你要主动出击"

是啊
那时我多么主动
在你楼下等成一棵树
心里的枝叶滋滋生长
一点也不觉得孤单

那时我还学会了献花
送礼物
舌尖上的试探与纠缠
漫长的拥抱，
和时间角力
1001 种浪漫

想起你
此刻你在远方
在安静中等待
"主动出击"
我要恢复这门手艺

你我

我是一个人群中张大嘴巴面向天空的孩子
我渴慕

有雨水也有鸟粪
但没有一个不泥沙俱下的人生

在这个世界上，我四处寻找
我知道我的缺乏，一个个，孩子般需要喂养

在这个世界上，我常常碰壁，我摸着额头
这些屈辱的包，在消退的时候成为，软弱的力量

当心在捧着手，将所有的雨水承接为甘霖
我知道那背后的力量，是你

当我在一切的事情中学会顺服，并喜乐
我知道这不是我，是你在我里面活着

胡昕的诗

　　胡昕，1962 年生，湖北蕲春人。毕业于武汉大学中文系，湖北省作家协会会员。《情感读本》主编。曾获第七届"樱花诗赛"一等奖。有作品入选《新中国六十年文学大系》《湖北新时期文学大系》《中国年度最佳散文诗》等。

你们被我的眼光虚掩着

门被随手虚掩着
秋天的寒露被一蓬翠绿的蒿草虚掩着
夜色被节日的焰火虚掩着
饥饿被炊烟虚掩着
心被一张脸虚掩着
上膛的子弹被扳机虚掩着
爱情被花朵虚掩着
蛇被青青的草色虚掩着
兄弟姐妹被血缘虚掩着
通向山峰的路被一层冰雪虚掩着
大海被一抹蔚蓝虚掩着
战争被一纸和约虚掩着
历史被一堆故纸虚掩着
喊叫被空谷的回声虚掩着
方向被罗盘虚掩着
远方被纵横的阡陌虚掩着
安静的草原被鹰的翅膀虚掩着
黄昏被古老的蝙蝠虚掩着
暴雨被羊群一样的云朵虚掩着
皇帝被一件新衣虚掩着
罪恶被一张蛛网虚掩着
朋友被浅醉虚掩着
思念被和风细雨虚掩着
你们被我的眼光虚掩着

世界正在东张西望
寻找一节一节向上开花的芝麻

等一个人

残留的灯火，再一次
安葬在湖水里，夜色摇曳
我们走失在彼此熟悉的体温里
烛光在小窗边有些羞涩，街头与街尾
已经没有了心跳，从前的人
活在曾经的雨水里，懒得返回
不要以为只有鲜艳的花朵才有开败的时候
平常的人也一样，简单的天空
也一样，《圣经》中的船只也一样
街心花园的雕像只剩下巨大的阴影
肩头上早已无须承载重量
麻雀在雕像的耳洞里筑窝，几只
刚孵出的幼雀，打量着我们
人的日子并没因此为它们提供
足够的安详。上帝为它们
准备的矮树枝，都被我们
砍伐了，雪将会直接落在赤裸的肌肤上
我要等的一个人，把翅膀
遗落在天空中，这就注定
回不到约定的地方

朝圣者

我的目光正沦陷在你们的脸孔中
不知是用情太深正沉向沼泽，还是

看穿一切像云朵坠落天空
这么多的脸孔构成一张十面埋伏图
没有一条路能让我从托尔斯泰笔下
仓皇出走，更何况我是被一条路
一缕炊烟带过来的
我满树的枝叶在脸孔中纷纷散落
光秃秃的我孤独得像一个大漠中的朝圣者

侯新军的诗

侯新军，1968 年生，武汉大学世界经济 86 级，现在青岛创业。

萤火虫之约

我还记得那个月明风清的晚上，
我和你到东湖边去捉萤火虫，我说它们是
星星撒播在人间的灵魂，是童年的梦影，
是夜的精灵，一闪一闪地，让黑夜不孤寂。
你说将来有一天我们老了，就变成萤火虫，
一起在黑夜里发着微光；我说我倒希望我们是
两颗天上的星星，互相眨着眼，
虽然不能在一起，也可永恒地相望。

洪烛的诗

洪烛，原名王军，1967年5月生于南京，1985年保送武汉大学，现任中国文联出版社诗歌分社总监。出有诗集《南方音乐》《你是一张旧照片》《我的西域》《仓央嘉措心史》《仓央嘉措情史》，长篇小说《两栖人》，散文集《我的灵魂穿着草鞋》《眉批天空》《浪漫的骑士》等四十多部。获中国散文学会冰心散文奖、中国诗歌学会徐志摩诗歌奖、老舍文学奖散文奖、央视电视诗歌散文大赛一等奖及《中国青年》《人民文学》《诗刊》《星星》等诗歌奖项。

国殇

——致屈原

那个写了《国殇》的人，也为国捐躯了
随身带着无用的宝剑

当他感到宝剑无用的时候
就让宝剑为自己陪葬了
当他感到自己无用的时候
就让自己为祖国殉葬了

那个报国无门的人，只能用头颅
撞开江水，撞开城门的倒影
毕竟，水中还有一个祖国
在等待他去歌颂

死，有时候也是一项伟大的任务
他阵亡在汨罗江上

水路

别人的路你是走不通的
你只能选择水路回家：把水当成水
把水当船，把水当成岸……
你一边哭着一边游着
披头散发，在自己的泪水里
游了一个又一个来回

还是没有找到故乡的小码头
它原来就在长江边啊
你是错过了，还是没有到达？

在长江里游了一个又一个来回
你没有认出故乡，因为故乡也认不出你了
你在想：岸上的一溜茅草屋
怎么会变成几十层的高楼呢？
故乡也在想：那个人怎么会
变成一条鱼呢？虽然这条鱼
跟别的鱼还是有点不一样
一边游着，一边哭着……

九嶷山

九嶷山是舜帝的葬身之处
他留下两位如花似玉的妃子

九嶷山是湘水的发源地
娥皇、女英走到这里，痛哭流涕

她们流下一片泪水浇灌的竹林
我来到竹林中，找那消失了的身影

也许很久以后，还会有人来找我
找我写在竹简上的诗句

九嶷山妙就妙在这里，就像月亮

一半在消失，另一半在闪烁

湘夫人是湘君的另一半
湘妃竹是美人的另一半

你好好看看这竹子上刻着什么
泪水，是最古老的象形文字

它应该比我的诗句更难懂
我的诗句，应该比湘水更难懂

我带走一半的忧伤
给你留下忧伤的另一半

行吟与呻吟

别人觉得你在行吟，只有你知道
自己在呻吟。压低了声音
也减轻不了疼痛
洞庭湖，多么大的一只药罐子，热气腾腾
你采集了白芷、石兰、薜荔、芙蓉……
天底下所有的香草
也治不好你的病

"伤口在哪里？"
"在我的心里面……心里面装着的
那个楚国受伤了。"
你一边走，一边呻吟

紧紧地捂住胸口，捂住想象中的郢都

别人赞美你是最伟大的行吟诗人
只有你知道：自己是一个病人
只不过在想念祖国的时候
下意识地以歌唱代替了呻吟
又有几个人听得懂
你用伤口唱出的歌声呢？

"他得了什么病？"
"相思病。难治就难在：
那是他对祖国的单相思……
他的呻吟得不到一点回应。"
"也许，当祖国生病的时候
就会想起他了？"

凤凰

凤兮凤兮，火已经灭了
你为何还不醒来？香木烧成灰了
你的眼睛为何还不睁开？
看一看新世界吧，看一看新生的自我
灰烬变冷了，可你的头脑高烧不退
还做着别人无法梦见的梦
你梦见什么什么就变成真的

凤兮凤兮，水就要淹过来了
你为何还不飞起？不怕溅湿了翅膀吗？

云梦泽已经决堤，淤泥会把你的羽毛弄脏
还留在这里干什么？
难道找不到一处干净的地方吗？
唉，银河也已经决堤
飞到哪里都一样。躲得过人间的浩劫
躲不过天上的灾难

"凤兮凤兮，何德之衰？
往者不可谏，来者犹可追……"
可我怎么追也追不上你
你藏在火中，火藏在水中，水藏在土中
一把泥土，可以捏制出无数个你
和无数个追赶着你的我

凤兮凤兮，我就要来了
你为何还不回头？
回头看看我吧，我就会变成真的
变成又一个你

袁恬的诗

袁恬, 1990 年 12 月生于河南郑州, 毕业于武汉大学现代哲学国际班, 辗转于新加坡、广州等地, 现就读于北京大学。2002 年开始写诗, 曾任浪淘石文学社倾城诗社社长, 获第 28 届、31 届樱花诗赛二等奖。

夏日即兴

三年前种下的蝉鸣
突然间爆炸
鸟声，飞旋的陀螺
鞭开空气

夏日从翠绿的横截面里
认出我小小的灰影
风反复缝纫我的背面
像善待一株危险的植物

我不过是一个被滥造的词语
比空气还要无辜
我边走，边呕出每一个日子
每一座村庄
每一个重名的孩子

学校、养老院、墓地
这些东西的相似性
突然令我宽慰

疾驰的野花动人地写着史诗
生命此刻，刀锋一般新鲜
阳光，白花花的水晶
从头顶灌下

我期待

美剧一周一更新
我期待每周五下载完成时
"叮"的一响
带来的满足感

我期待把一支牙膏用完
为此盼了半年
享受丢掉空牙膏壳的成就感
还有化妆品、手纸、洗发水……
我活着好像就是为了消耗它们
为了把衣服穿旧，再买来新的

我期待山桃花开
花总算开了
我"咔嚓"拍了张照
发现和去年的照片一模一样

连枝头的喜鹊
或许还是去年那只

生命

我从不摆插鲜花
我无法忍受那种残忍：
买花，换花

听到它微弱的呼吸
空气中弥散着细小的绝望
但我也不喜欢假花
因它不能反复地死

窗前的栀子，花苞像鼓胀的心脏
我倒希望它永不开花
这样我就可以用一生去期待
它将目睹我失恋，成长，生育，生病
在土壤里变得寂静

而我相信它的雪白

新房

我的房子永久地死了
沿着旧地址也找不回
推开门，摆设惊人地失控
沙发失去我的气味后
变了颜色
墙角线第一次赫然清晰

我说，不如搬进二手房
我宁愿嫁接在别人的历史上
（只要他们还算和善）
也不愿住进拔地而起的大厦
和绿化带一样整齐的新区

新房里，我那么弱小
新电视瞪着我
大理石向我叫嚣

这时，总希望什么人
走出来，替我
把烧水壶用旧
让剪刀生出锈斑
椅子垫翻起毛皮
用失去水分的手
第五千次，擦干净桌子

然后起身，幽灵一样飘走

听说

听说我走后
这里来过狐狸，来过野猪
我们的轮番出现
让珞珈山的腰围又细了一圈

如果可以
下一次我将是鼹鼠或刺猬
从图书馆的后窗里
偷走一本花果六全
把自己混同在一地秋枝里
软绵绵地打瞌睡

这次，就别让我掌管整座山了

——那太叫我惭愧！

索耳的诗

索耳，1992年10月生，广东湛江人。武汉大学比较文学与世界文学硕士毕业，中短篇小说作品见于《长江文艺》《山花》《芙蓉》《小说选刊》等。

X 场景

我认为应该跟你谈论些什么，
你忍住了，那些词语的碎屑掉在地板上的样子
明亮而温微的样子。你总让我想起，
每次我阻止你做一些事情的时候，
你像一台推土机，转过身去
要把围困在我们四周，所有人四周的高墙推翻。
一只海豚沉入海的腹部，被酸液溶解，
曝晒于终究归入的平静。接着它的同类也会重复，
就算没有同类又会如何呢？一只犬形物种在海滩边
捡到易拉罐，你说，它必定死于狂喜
什么都让你说完了，可是没有人接住那些
——丢过来的生化废品。冷静。
你的邻居，我的舍友，已然失去了对我们的厚望
你疯了一样地跑步，瘦身，浑身充满了水汽
玫瑰星云般的飞行器会首先因为你的体型
而把你接走。而你逃脱了。四散而逃。
你变成许多的你。你利用混乱（三十分钟的混乱）
来终止这个过程，害怕生活穿着我的皮肤
在开门时吓着你。为什么你不先穿起衣服呢
情境革命也并不能解慰。在浴缸里
你倾听我说话，期间你换了大概十三种姿势
每一种姿势都是最优选择。可是你无法平复自己
除了梦境。厨房。夜空。所有事物都相互连通
包括我和你。我阻止你，你欺骗我
反复观摩一个不存在的图形，你我讨论着是否值得
用我们过剩的激情，把它买下；或者只是
看看。看看你，看看我，看看

全部。以及，从末梢开始退化的空无。

北京手记

那些沙与土的奥秘混合，常常吸引我
令我驻足观看，并向下俯视
充满错误和逃逸的深渊
那些倒影：模具似的树影，沉默的昆虫
四处巡回的风的粉末，以一种更加内敛的方式
回忆自身，逐渐覆灭离群的情感之火
巨大的声音响起，也许来自海面
而首都并没有海，有的只是干燥而闹腾的新生命
仍然可以想起的是，地底涌动的暖流
从我抵达的第一天起，原始的讯息就深陷在此处
日子被撕裂，并赋予季节的深度
鹿面人按时从床榻边走过，嘲弄着
这一片固有而纯粹的潮湿

游戏的沙盒——它一边旋转，一边渴望着
被观察的向度；多数人的眼泪
越擦越模糊，这种哀感透支着灵魂的强硬
在首都上空，只有周末才会升起性欲的蘑菇
工作日内，欢腾的骨头将被丢进
炽热的焚尸炉里，热情已经统治了半个多世纪
飞越夜墙的边缘，气球写满了文字
"请将我带离这湍急的河流"
远方的恋人啊，也请你细数我脖子上的环形切痕
这风声闪过的耳边，一个温存但永远不可获得的讯息

它被解读为：这个国度的羊群将被消灭
就像一颗渗透着白色汁液的种子
你对着镜子，你终须仰望

大蜘蛛
——阿露加，你还会感到痛苦吗？

黑暗中的小绵羊，我曾这样
称呼你，一遍又一遍地舔舐着苦涩的药片
你在房间中间坐下，你对所有人说
请不要来打扰。孤独如发热的球体
你不动声色地拥抱着它；是的，为什么
要有喧嚣的语言？十个人在房间里相互拥抱
也足以抵消语言的美。连最亲近的人
也不曾具有那种美。霜降的气温已使各自的唇
干裂。乐谱和书籍散落在脚边
你闭上眼睛，你仍然感到匮乏，今天的奏鸣曲
尚未开始，我们的生活才渐渐有了一点眉目
我们贫穷、软弱，我们的特质就是
比世界上的任何人都要安静。那些不属于
地球之上的夜晚，你也曾向我分享过
那些把人压扁的大雪、雨后松林的气味
我不知道那里有没有一只逃逸的松鼠，大概是
梦里，我把一切隐藏了起来。你让我自由
就像音乐和写作，无助于什么
但给予止痛和自由。命运的三度颤音。
你在我面前蜷缩，置入无意识的冰箱里
过了一天，取出来的或许是一个天使

也可能是一枚史前的蛋；我喜欢你每一种
让我选择的形态。初次见面时，你带我去看
教室楼道里吊灯上的蜘蛛，它敞开手脚
趴在灯罩上，朦胧而克制，漏了气的幻想
已经是一只非常巨大、非常朋克的蜘蛛了，而我
总觉得渺小。我以为自己见过更大的蜘蛛。

索菲的诗

索菲，原名卢玉葵，1988 年毕业于武汉大学计算机系本科，加拿大攻读硕士，现任职美国某 IT 公司首席分析师。加拿大魁北克华人作协理事，世界诗人大会终身会员。诗作散见于《诗刊》《诗林》等中国、加拿大、美国、荷兰报刊，并收入多种诗歌合集。曾获首届中国城市文学优秀诗歌征文大赛二等奖，中国首届昌耀诗歌奖提名，中国新归来诗人优秀诗人奖等。

晚祷

圣保罗大教堂，巨大的十字架
从天堂，种往人间
穹顶是个巨型回音壁
回响上帝话语，也扩播人间噪音
人间的噪音无孔不入
上帝的频道得自己慢慢解调

并非所有过客，都登上
金回廊的最后一百五十二级台阶
这一截陡峭的镂空窄梯
只容一人独行

远处，夕阳在伦敦眼中悠然落下
一小女孩惊呼：看，我们与鸟齐高
此刻，我必须忏悔。登上穹顶
我一路沉醉的，尽是人间美景

科尔多瓦的橘子

别碰我。我是一只古罗马走丢的橘子
橘瓣里包裹的酸涩和风雨
无关颜色，无关形状
无关季节变换，无关朝代更迭
不必涂抹催熟剂保鲜剂
增加表面的亮泽

别碰我。让我独自留在树上
守着空荡的果园做完这场梦
把落日还给长河，把秋天还给我
该落下就落下，化作来年春泥
成全一只无用的橘子，有如
成全一只天上的飞鸟

注：科尔多瓦（Cordoba）是西班牙一座古城，世界文化遗产。

松果

门前这棵圣诞树
近三十年树龄，比屋顶还高
夏天鸟儿在这里筑巢
冬天白雪来构建童话世界
它四季常绿，只是冬天颜色变得更深
枝干压得更低，像个沉思的行者
除此之外，我每天进进出出经过它
并没看出太多变化
直到四月，冰雪消融
露出满地不知何时落下的松果
开花，结果，爆裂，归去
一切都在隐秘中完成。 此刻
高高的树冠上，茂密的枝丫里
仍藏着许多鲜为人知的松果……
日子像一个口越开越广的容器
我一天天着迷，且越来越耽于等待

等待一颗松果掉下来，砸到我头上
虽然它没什么用途
正如我写下的这些文字。除了——
好让我知道，在漫长寂静的冬季里
我并非，一无所获

翡冷翠的夜

你最好学会闻香识人
那么多大师隐遁于这座
大卫守护着的城
狮子眷顾过的城

千万小声点，谦逊点哦
那些发烫的名字
正在墙上演绎圣经，把上帝拉入凡间
他们教人作为人，在画板上练习微笑
他们用大理石重塑历史
忙于打通今生与来世
天堂和地狱之门

你若遇见独自流连的诗人大家
别忘了请他尝一尝
托斯卡纳新鲜的牛排
配上本地自酿的红葡萄酒

如果还没醉倒
不妨约上大卫和米开朗琪罗

一起上南山观翡冷翠的夜
看晚霞揉碎阿尔诺河
你一定会喜欢这样的高度
比炊烟高一点
比云朵低一点

息为的诗

息为，本名周紫薇，1991 年出生于湖南长沙，2014 级武汉大学文学院硕士在读。有少量诗作发表。

该隐

是我，因袭了天的诅咒，把血
和粮食贮藏。在平坦的田埂，
我用脊背供奉那不公的神。

弟弟，你的牛羊曾给过你慰藉，
而麦子只会在日光下发狂。
贪婪的胃早已牢牢束紧所有

肮脏的双手，凡地所滋长，
必先给它斩杀：从父母之命里，
我继承的只有——罪。是啊，

我的弟兄，你的血本不该流回
这贫瘠，你本该驻扎在某个
与神并排的地方。可我决不会

将手指合十，摆出忏悔的低顺，
他借我之手施予你的，我用
永世的流浪赎偿。等这枚

惩戒的刺青完成，我会交出
我最后的献祭，在土地上立誓：
只将唯一的信仰放诸自身。

巴别塔

早已忘记，我们曾听得见互相，
以及远处的层云和树叶参差

我们散落像随手抛掷的棋子
背过身，就记不起兄姊的名字

土地在背负中低沉。那时眼神
还未及套上人的枷锁，那时

谁不想重返，去本就拥我的
乌有乡。而现在神的语汇尽失

我们深陷洼地，甚至不敢去看
那些泄漏光斑的苍老的星子。

除非褪去衣物；除非你说我听，
选择重又踏上那荒废的塔；

除非一同建筑一路走，直到
脱去形状，直到复归下意识的云。

她内心的风景

她内心的风景已荡尽了山头的

枝叶，而天依旧又高，又蓝。

她爱着这样的蓝天，爱它执着、
恒远的质地，可暗藏的气流

又轻易将她那软骨扑散。一个
难以配平的方程，总是会多，

或者少那么一些，几根毫米宽的
钢丝，轻松串起了唇色的衰变。

在风暴的轴心，她斡旋又斡旋，
蓝天里，等待她的，却只剩疲倦。

承受

雪平风起，一切行走的轮廓已无所遁形
大地才终于露出洁白的牙齿啃噬我们

我应该，摆出一种怎样的姿势被嚼
才能斯文地避开顶头越滚越大的窒息

此时庄稼正安然躺倒，压坏许多秘密
马驹为此哀恸不已，忘了曾经跑过的风

当看着这个世界像一张摊开的病床
被生活划开的伤口才算摁进了血的释义

到时候了，支起孔眼的秃枝，挂满
气泡的剔透冬日，是时候交由它们刺醒

黄斌的诗

黄斌，1968 年出生于湖北赤壁市，现居武汉。1993 年获《诗神》全国诗歌大奖赛一等奖。2005 年与武汉一些诗友合作，编辑诗性文化读本《象形》。诗作散见于《诗刊》《天涯》《诗歌月刊》等刊物及诗歌选本。出版诗集《黄斌诗选》（2010）、随笔集《老拍的言说》（2016）等。

山雀及其鸣叫

我最喜爱的鸟鸣是山雀的鸣叫
我觉得鹊鸲　黄鹂和乌鸫的都比不上它
山雀的鸣叫只有三声
第一声悠长　第二声和第三声
连在一起　清脆明亮
吁——绿泥
这叫声　像在不停地对土地进行嗟叹
每次听到这叫声
我对世界的疑惑便都不再存在
我在世间所经受的痛苦都被一一抚平
我的耳朵被它一遍遍清洗
重新获得清新的听觉
我的内心被它一次次荡涤
重新恢复对生活的感受性
我总在父母的坟边听到它
是这循环的三声救赎了我
我曾在烈日下　阵雨后
在田埂上　小区的绿化带边
一次次忘情地听这循环的三声
这我一直在诗歌中追求的循环的三声
在友情和爱情中追寻的循环的三声

初夏苦笋

我的初夏　来自两张苦笋帖

一张是怀素的　另一张是黄庭坚的

怀素的内容很简单

苦笋及茗异常佳　乃可径来　怀素上

他丢出的这 14 个字的小纸条

一瞬集中了身体有关季节的最新体验

这些笔迹　每每象在告诉我

是到了吃笋和喝谷雨茶的时节了

而我个人的苦笋帖　多年来

一直散落在故乡的山间水畔

那些苦笋仿佛是我身体的微缩版

我上小学的时候　它们像毛笔和铅笔

我上中学的时候　它们像圆珠笔和钢笔

我一直叫它们笔杆笋

只需半小时　我就可以在山上抽一盘回家

母亲就着酸菜清炒　或佐五花肉红烧

似乎没有比这更可口和下饭的时令菜了

现在我有时去东亭生鲜市场买菜

突然看到它们捆绑在一起　直立于众菜之中

如翡翠　如白玉　如浮屠

真的是亭亭玉立

我的初夏仿佛才真的到来

我那时觉得　只有它们才是庄严的和不败的

房陵农家的鸡汤和剁馍
　　——致修远

我们以身体为瓶　为容器

以房陵农家酒店为窖

以十年为期　酿成了这坛诗酒
在我们生活的武汉　房陵这个名字依稀
有唐诗的腔调　甚至菌群
十年了　它做出的鸡汤和剁馍
和以前的味道竟然是一样的
这带给我巨大的错觉
甚至认为一切都没有发生改变
然而十年给予我们的
除了各自写下的三百首新诗　或许
就是离去得越来越慢的病
在固定的晨昏　发作
身体越来越像个包袱或变重的龟壳
欲望　像突然闪亮的死灰
我们继续写下灰烬般的句子
一口口喝下鲜美的土鸡汤
像往昔的时光带给我们的奖赏
但是越来越坚硬的剁馍　也在一口口
考验我们日益松动的牙齿

岳父买菜

岳父 85 岁了　身体还很好
他每天关心的事情　就是买菜
每天的话题和乐趣　也是买菜
每天清晨 6 点　他准时出门
我能听到他轻轻掩上铁门的声音
因为他担心出门晚了
便宜菜可能被别人抢光

这一段时间　他每天去徐东小路那里
买一个河南人的批发菜
不管什么蔬菜　都是 2 元一袋
然后在 7 点左右　拎着两个大号的塑料袋子
回家　我有时给也开门接菜
那袋子勒得手疼
他总是说　菜好　新鲜　便宜
我接过菜　往厨房门边一丢就不管了
他换罢鞋　就坐在小凳子上
在厨房边他铺的几个塑料袋上
——摆上他新买的菜
脸上有抑制不住的笑容
和充满喜悦的目光
有时看了会电视遇到广告时间
还会走到他买的菜边　巡视一番
像在回味他当天的收获
但其实家里根本吃不下那么多菜
连卖菜的都问他　家里每天有多少人吃饭
很多菜　只是堆在他铺的那几个塑料袋上面
慢慢干枯　接着腐烂
我有时只好偷偷把那些烂菜包起来扔掉
但这给了他买更多菜的空间和理由
我发现他不把那几个袋子铺开的空间堆满
他是不会罢休的
快半年了　我们像在做扔和堆的游戏
他堆　我扔
我觉得他这样买菜到了非理性的地步
比如有一次　他先买了一包大蒜
足有两斤　后来又买了一包根须带泥的大蒜
也足有两斤　无非是后者更便宜

然后就那样堆在家里
有一次我实在忍不住了　调侃他说
你每天都去占菜贩子的便宜
这还像个共产党员吗
他反驳得竟然非常快
我买菜合理合法　公平交易
节俭才是共产党员的优良品质
我无言　只好听之任之
然后在该扔菜的时候继续扔菜

梅朵的诗

梅朵，诗人，音乐人，纪录片导演，先后毕业于中国武汉大学和法国蒙田大学，现居法国，任教于蒙田大学。

蒙马特的音乐家

年轻的女音乐家
飞快地拉着手风琴
微微摇晃的身体和音乐一起
在日光里浮动
星期天
她向世界伸出乞讨的手

来来往往的脚步声
踏在耳中尖锐刺耳
扔下的硬币叮当一响
卡住一串音符和她的喉咙
音乐家转过头去
以娴熟的手指
又很快把琴键拨动起来

她的身体不自觉地靠近
在旁边玩耍的小孩
又好像在躲进虚空
扯出的音符忽高忽低
像春天空中的燕子上下翻飞
眼前的浮光掠影
被她拉成激烈或悲伤的彩虹

理想

扫地，炖汤，备课
教会孩子们唱一支歌
让玻璃一尘不染
——比起我那远大的理想来
我每天能做的事竟如此微小
可以忽略不计
打碎的镜子难以重圆
然而每一块碎片
都闪烁着整个太阳的光芒
让我惭愧，也让我温暖

法语老师

煮咖啡的时候
偶尔会想起你
撩开浓郁的树藤
穿过丘陵上的葡萄园
你肩背着阳光
站在我的面前
阴影在你的脚下
缩成一点

紫藤花的斑影
落在我写的法语诗句上
你敲打我顽固的语法错误

像教训调皮的孩子
温和的微笑里藏着隐隐的自豪：
"对不起，法语太复杂了。"

"可是你的方块汉字，更可怕！
像儿童也像老人，
双脚在走灵魂却在飞；
这些神秘的字啊，
也像慢慢爬动的寿龟，
爬向永恒的沉思。
唉，可惜我读不懂它们……"

有时，我们一起除掉疯长的野草
汗水滴在草叶上
滴在钟摆来回飘动的声音里
春日恍惚而精密的语言
胜过了我们各自的母语

不放糖的咖啡有一种迷人的苦涩
我们的话不多
一晃而过的黑鸟惊醒了沉默

我记得你说过：
"人与人即使永远分离，
他们的天使却互相熟悉。"

雪山之夜

雪山下的小村
像一只眼睛看着天空，
灯火在闪动。
灯下的悲欢离合，
在清冷的长夜，
慢慢睡着。

茶的芳香模糊了双眼，
月亮在山巅散发着坚定的温情。
长信不用写完，
照片自己留着：
　"你一直在这里，
从没有离开。我知道，
孤独，并不存在。"

星河流进银色的大地，
寒风把融雪吹成坚冰，
我点亮残留的烛光，
等待新年的第一个黎明。

康承佳的诗

康承佳，武汉大学研究生在读，重庆山城"90后"姑娘，爱文字，爱土地，无宗教信仰，但热爱诸神和上帝。作品散见于《诗刊》《星星》等。

姑娘

姑娘，你一定读过很多书，或者
长途跋涉地爱过一个人，因为我看到
你眼里藏着一场海棠花开
一直开到绝望

总是觉得你美于忧伤，这样想时
窗台上的藤蔓又长出了一截
晚上有风，山重水复，它一直都急于赶路
急于在深秋，创造一种新的战栗
急于随云逐月，趁你我还愿意相信
还愿意憧憬的时候

你看呀，河汉星辰，诗经一样的质朴和感动
这时候，多适合我们饮酒，读诗
以及，猝不及防地流泪
或者，你看我，我看你，听万物生长，有去无回

阎志的诗

阎志，1972年生，湖北罗田人。中国作家协会会员、湖北作家协会全委委员、诗歌创作委员会副主任。1989年起开始文学创作，作品散见《人民日报》《诗刊》《青年文学》等数十家刊物，入选各种诗歌选本及年选。著有诗集《阎志诗选》《挽歌与纪念》《大别山以南》及小说集《少年去流浪》等十多部。曾获《诗刊》社2008年诗歌大奖赛一等奖、2007年度中国诗潮奖、第二届完美文学奖、第二届徐志摩诗歌奖、第五届湖北文学奖、第八届屈原文艺奖。作品被译为英、日等文字。现为一家企业负责人、《中国诗歌》主编。

渡口

秋天深入到湖水之中
微风都可以让人战栗
渡口还在
波澜依然不惊

长椅上的张望
只等来岁岁枯荣
沉入湖底的疼痛
与所有人无关

早就应该走进
落英缤纷的山径
因为最深的丛林
往往就是最远的江湖

也许在另一个渡口
在岸边的芦苇中也有个人
迷蒙中看到秋风才起的湖面
有人踏波而来

2017.4.12

虚石牧场

我想起草丛中

星星散落般小花的名字
还有池塘边
偶尔被猎户惊起的清晨
葡萄园只有一个工人在劳作
阳光依旧照在他的身上

牧场上的牛群
不需要知道明天的事情
山坡上麋鹿、火鸡依次出现
透过丛林
可以看见远山后的夕阳
层次分明而且触手可及

就在山顶的石头上坐坐
或者听听
几乎与故乡同样的
松涛之声
仿佛是从少年的某个午后醒来

2017.5.4

克洛姆罗夫的城堡

热闹的城堡没有烟花
只有那些金色的小花
散落在草丛中
伴着钟声盛开

伏尔塔瓦河匆匆流过
中世纪的思念
已在桥下的绿洲上
长成一棵树
甚至是一块石碑

南波西米亚的风刚好吹过
只是远处半山上的城墙
已没有人在注视
山下红瓦一片
模糊了圣维特教堂的塔尖

唯有山坡上的金色的花朵
每年依旧盛开
像是在等待
也像是漫不经心地盛开着

2017.5.14

风过耳

我要在故乡的
群山之中
修一座小庙
暮鼓晨钟
与过去再也不相见
原谅了别人
也原谅了自己

佛经是很难读懂了
大多数的功课
只是为孩子们和
所有善良的人祈福
闲时
看一株草随风摇曳或者
倔强地生长

有风经过时
檐下的风铃肯定会响起
才记起看看
山那边的故乡
依然会让我怦然心动
那就再多诵几遍经吧
直至风停下来

2017.10.3

梁上的诗

梁上，山东淄博人，1995年11月出生。毕业于武汉大学图书馆学专业，现于美国威斯康星大学麦迪逊分校攻读艺术学硕士学位。浪淘石文学社成员，"十一月"诗社成员。

蓝气球

1

她说，美好的事物都是蓝色的
例如从远处看见的海洋
那个男孩与她第一次见面时穿着的蓝色衬衣
以及昨日笼罩在城市上空的时隐时现的蓝鲸

2

姐姐，他双眼空洞无声地呼唤姐姐
他趴在窗台，在清晨的街上寻找相似的身影
他在蓝色衬衣的男孩家中醒来，他感到冰冷
姐姐，他紧闭嘴唇冷战般地摇头，姐姐，姐姐
男孩放弃了没有营养的问候，无奈地坐到他的身边
可他还是感到冰冷，他感到仿佛有云雾缭绕在他眼前
隔着云层，他目光下垂，遥遥望向男孩的蓝色衬衣
如果是姐姐的话，在这沉默的时候
"我们去游乐场吧。"她一定会这么说

3

记得小时候，姐姐也还是孩子的时候
从电影院出来，妈妈给他们买了一只蓝色的气球
气球松开手就飞上天，他仰头目送，直到风把它吹走
当他低下头来，有些眩晕，仿佛自己的身体缩小
双腿被吸入大地，世界都看起来远了一些
姐姐也看起来就像一个陌生人，遥遥站在水彩画中

挥动她模糊的轮廓，与蓝色衬衫的男孩陷入爱河
而他错了，跌落画中的人是他自己——今晨，他猛然领悟
当蓝色衬衫的男孩在他眼里变得遥远而模糊，难以捉摸
当他发现自己无以猜测男孩天生的笑容
他决定不去询问，也不试图证明男孩
是否目睹了姐姐的死去，并改变了他的眼睛
"我要走了。"他对男孩说

4

昨天早晨，姐姐像一颗苹果脱落
父亲抓住他的头发，洪水漫过他的头顶
两个人开闭着嘴唇却听不到声音，气泡翻腾在父子之间
没有责骂，也没有道歉，只有蓝色的洪水
姐姐哭泣着，双脚慢慢变成鱼尾
从他的身边漂流失散，变成清晨的泡沫

5

他梦见他也死去了，像姐姐一样
上班途中，有蓝色的鲸鱼越过他地铁站前的路口
他闭起眼睛上升，空气中一千只看不见的手托举他
他没有在鲸的口中见到姐姐，如他听说过的，那个地方只有孤独
他向下看，人潮是海洋，从地底攒拥上来
他在其中找到了那片蓝色衬衫
男孩也死去了，不知去时是否安详
如今，生长在那蓝色衬衫里的是一个孩子
在他总穿着的那身花哨的西装里也有一个孩子
两个孩子快乐地奔跑玩耍，不会呼唤任何名字
他们是纯粹的孩子，没有祖先，也不会留下后代

他们玩耍并生活，在沙滩柔和的光里

巨兽与鸟

一只飞禽从寺院的檐角起飞
它的眼睛饱含着慈悲
它觉得自己活得够长了
已经见过无数巨大的巢穴迅速平地而起
虽然其中居住的巨兽它从未目睹
但它每日都看到被豢养的人类进进出出

唯一的一次目击是一只狭长的脚印
有座熟悉的山丘被从中分成两半
相比之下，那些总向它微笑的生灵们是多么渺小

它眼含慈悲收紧双翼
降落在乌青色的树梢
这只飞禽梳理起它的羽毛
它乌黑的羽毛整齐而柔顺
在高原的太阳下面泛着光

屠国平的诗

　　屠国平，男，汉族，1977 年 1 月出生于浙江湖州南浔，九三学社社员，浙江省作家协会会员。曾在《诗刊》《诗歌月刊》《诗选刊》《国际汉语诗坛》《江南》《星星》等刊物上发表过作品，曾获首届鲁竹诗歌奖，著有诗集《清晨的第一声鸟鸣》《几里外的村庄》。个人诗观：在这个普遍崇尚技术与理性的时代，现代汉诗更应该回归"东方式"的温润与质朴。我理想中的诗歌写作是：她与我们的内心能够建立起相互滋养、共生共息的亲密关系。

秋 天
—给杨键

沿着叶脉渐渐走散的
是秋天的时光。
依旧是天空的蓝
护送着白云
走向古老的牧场。

我只是坐在石埠头的阴凉中
看着湖面上一片片的落叶。
我只是看着漂来的水草上
那新落的水鸟。
我只是坐在流水的边缘，在想：
我们曾有各自的姿态、声音
却在同一个秋天沉默不语。

钢琴花园

我喝着红茶，在钢琴花园
读一本自己带的书。
宋可可的琴房里，
一条琴键上流淌出的小路
像金色铺向远方。
我的女儿，愿你心灵弹奏的
永远是自然的美。
儿子画着画，八岁的他

托着小脑袋一边画，一边问：
妈妈，妈妈，我画的花朵
会不会引来"嗡、嗡"响的蜜蜂？

仿佛上一个春天，我们就坐在这里。
放下书中泥泞不堪的故事，
我抬眼望去，绿茵上
几只不知名的小鸟
在追逐，嬉戏。
柔风吹拂着长柳，
溪水涓涓向前。
而希尼的诗句
正睡意蒙眬地袭来：
我的"清水之地"，世界开始的小山
那里清泉涌出，流入闪光的草地。

在新安兄茶馆，从雨点聊到两个村庄

新安兄说：他的雨点是从竹竿上
一个接着一个往下跳的，
有着自己砸碎自己的悲愤。
我说：我的雨点是从天空往下跳的，
快乐的，单纯的，
仿佛永远不知道疼痛。

我们从雨水聊到村庄。
我说：我喜欢在阳光晴好的日子
带着家人回去看看，

看看村里上了年纪的老人，
看看依然翠绿的菜园，
看看那条小河，
尽管它已改变了流向。
新安说：他的村庄没了树林，没了小河。
老房子没人住，真的是家也没了，村庄也没了。
现在，他甚至对村庄怀着一种恐惧，
阴森森的，害怕回去。
有一次，他担心在村里什么都没留下，
一狠心，就在村口的小树上刻下了自己的名字。

那个夜晚，我们抽了很多烟
也沉默了许久。
走出新安兄茶馆时，我还在楼梯上想：
我宁愿相信我的村庄没有变过，
最好永远都不会改变。

芦苇塘里的风吹着

芦苇塘里的风吹着，
我的村子也在这田野的波浪中
一晃一晃开着。

我和爷爷锄着荒地。
不远的槐树上，一只新来的野鸽
静静滑向淡蓝的午后。

六月，使我想起故乡的雨

六月，使我想起故乡的雨，
想起故乡雨中的槐花树。

槐花树远远站着，
像一把停在田野上的伞。

你的草篓挨着我的草篓，
割下的青草依然散发着草的气息。

六月，使我想起故乡的雨，
想起故乡雨中已经婚嫁的你。

你的远嫁让我伤感，
像一枚再也擦不去的月亮。

为什么我只记得六月，只记得
那挨饿的羊羔在故乡雨中的叫唤。

新园子
——给姐姐

父亲翻着荒地
我和姐姐跟在后面
把瓦砾、根茎从土里
拎出来

母鸡领着小鸡
跟在我们后面
它们从翻松的泥土
刨食草籽、蚯蚓
有时又追着蟋蟀
跑出很远

整个下午
我们和阳光一起劳作
翻垦的泥土
从黝黑、潮湿
变得灰白、硬朗
仿佛一层薄薄的古巴糖
撒在这上面

现在，父亲坐在
被他手掌磨得发亮的耙柄上
看着他新辟的园子
竹篱的影子
沿着荒芜的边
我和姐姐追逐着
如同两只
翩飞的蝴蝶。

谢春枝的诗

谢春枝，笔名茹冰，紫藤冰冰，出生于 1968 年 2 月，湖北人，博士，武汉大学图书情报学院图书馆学专业 86 级本科生。现供职于湖北省图书馆，任副馆长，研究馆员，湖北省信息学会副理事长。业余时间从事文学创作，发表过中篇小说《四月雪》《流逝的云》、长篇小说《紫藤》等，累计创作发表中长篇小说、散文、诗歌等作品 30 多万字。《紫藤》，2017 年由长江文艺出版社出版发行。

月光照在菩提上

水洗过后，天空只适合回忆
尘世的画布难以效颦
面影，迟迟不肯消散
时间冲积成博物馆
柔弱和尖锐试图握手言和
咫尺相对，却遥不可及

注释无从落笔
薄情未必不是悲悯
恐惧和犹疑收拾起羽翼
所有惊艳奇崛的展示
幕落，写着同一种结局
人间寒凉，沉默捻成灯芯
夜色荡开微茫的回应
言语冰封千里，思绪碎裂
白如雪，大漠孤烟迷失了归程

死亡是没有黎明的睡眠
梦魇驿站里流连，无邮差传递
风割过的草地，不屑回眸
总会有一粒种子，腐朽里重生
月光漫过狼藉和空虚
枯井底望断，雁阵年年来去
需要多少世菩提，才能圆满

谷雨

种子潜入土里
最后一朵霜凋谢了
色彩和表达才归于平静
茶释放出缱绻的过往
所有温柔相待的
苦涩后，都清淡了结局

面具层层脱落
神和人从此坦诚相对
青萍开始奔赴水的约定
一声布谷一声绿
最想成全的
不过是另一个自己

谷雨调制出解酒汤
把醉在春梦的人
——唤醒
天光如瀑，身似菩提

黎衡的诗

黎衡，1986 年 1 月生于湖北十堰，毕业于武汉大学中文系，现居广州。曾获刘丽安诗歌奖、未名诗歌奖、《中国时报》文学奖、DJS- 诗东西诗歌奖。出版有诗集《圆环清晨》。

飞行

云是永生的一种加速度。

他在奥尔特星云的深处忍受着
让身体一再变重的灰尘。

似乎地球是一个永动机，
穿过白色半透明的玻璃弹珠，
凝固的云从他五岁的食指尖飞出。

飞向蚁穴、老街的坑洼、天井因为腐朽
而收紧为地狱漏斗的下水道，飞向
他眼球中胶冻的云，打盹时氢气似的云。
归根到底，恐高症是对天堂的短时失忆。

让我们开始夜航。
飞机：这只熟睡的幼虎，
梦见自己开始了小跑，它打着寒战，
金黄的毛发在夜的轻鼾中竖起。
天空是瀑布，它是摆脱了重力的水滴。

它圆睁的双眼一眨不眨，向内看着：
这两百人的客舱，白蚁似的分解它的安眠。
这些在浅睡中无序爬行的人，
用无知觉的合力平衡了它的方向，有人
咳嗽、惊醒，幼虎就感到挠心的痒。
耸一耸脊背，更多人在它的腹腔里醒来。

它会消化他们，像泥土分解落叶吗？
太平洋上空，信号是叶子上的蛀孔。
它那么安静，就像是一块海绵，把云
吸附进了虎皮威严的纹理；
就像一枚磁针，在云的漩涡里摆荡。
醒着的人，努力继续入睡，
就当在对自己打赌。每一刻都是完美的万一。

（主祷文，飞机起飞时，他例行的默祷。）
"我们在天上的父"，父亲
也是一种加速度吗？摆渡，等待，滞重的
安静……突然，像是要去空无中
捕获父亲般的勇气，全速向前，机轮
是旋转的天平，下面是重负，前方是轻逸——
当他终于在巨大的升力中，托起了
三倍重的父亲，他看到的天空

只是天空的倒影。本质上，他也是
倒影的一部分。如果他是一片深渊，可以
向自己扔玻璃弹珠吗？他望向自我的
渊穴，水面上的影像晃荡不止，
涟漪会带着信息波，让记忆的愁绪
获得一个短暂的中心吗？飞机在上升，
托举着三万倍重的父亲，窗外的云
是趋近无穷的，高速运算的函数……
心脏在超重中，感到孤儿般的空灵。

"愿人都尊你的名为圣。"大地、群山、
辉煌的城市，借着对流层的弹力
飞向万米之下。在冼村，广州市中心

一片未完成的废墟：石头推揉着，
荒草在建筑残渣的缝隙里，相互敬礼；
有人在混杂着腐烂的火龙果
和腥臭死鱼气味的小摊上，数钱，点香；
有人在落着灰的、拆到一半的
房子里理发，门和窗只是几个窟窿，
把生活安置于时空的假设；

有人穿过祠堂溃烂的门脸，背后是一个
公共厕所；有人裸着上身，佯睡在
废水池边的土堆上纳凉，短裤耷拉在
肚脐的地平线上，游客们来
请他拍照，他一个鲤鱼打挺坐起，
娴熟地接过苹果手机，像指挥
交响乐一样，安排黑暗中照相的人站位，
"再来一张，"纳凉人说，"角度稍微
有点区别。"闪光灯使他年轻的脸
像是一张看不清的乐谱。神圣的大地上，
外邦人来到了这个伊甸园。

"愿你的国降临"，飞机仍在上升，
他闭上眼睛，想起和女友穿行在
海关和国界上的日子，脉搏似的，
火车轻轻的颠簸，还有轮船的荡漾。
队列漫长的香港海关，隔着五十年不变
的一国两制，《2046》，那是他大一时
在梅园操场露天电影院看的。座位不需要
讲秩序，三三两两，远远近近，
像小孩在棋盘上落子。那道来自未来的
光幕，从山谷晃过他的角膜，

已经是十几年前的事了。伶仃洋的小码头上，
女友用英语买到一碗车仔面，给他充饥。

南洋是什么味道？大海冲散了
毛笔字的信笺，星洲，郁达夫曾在那儿写信，
他咸涩的眼泪多半是包含了
海风的辎重，归国的船票是一缕鬼火。
那是女友带他第一次出国，
他决心做一个哑巴，与华人、马来人、印度人
交换眼色。他观察到，
他们每个人都穿着一个崭新的国家，
像一件统一的秘密制服。
槟榔屿是另一座岛，《南海姑娘》从那儿传唱：
"椰风挑动银浪，夕阳躲云偷看。"
他偷看到一百年前，年轻的人们从这儿登船，
到广州，起义埋葬。

"我在天堂迷了路，我该怎么办？"
波罗地海的八月，比安达曼海的
十二月还冷。他在南洋的海滨点了碗面，
一不留神，海鸥就从云中
降落到桌上，从容不迫啄食起来。谁才是
世界的主人？彼得堡的鸟是影子，
飞起来，像透明的钉子，掷向大气的水晶墙。
天堂里有一把小提琴，但它折断在西伯利亚；
天堂里有一匹黑马，但它的骑手去了美国。
天堂的早晨是无限循环的，光的顶峰；
天堂的晚上一直在推迟，直到涅瓦大街
以"必须"的声势，合上黑暗的闸门。
天堂曾改名列宁格勒，在"童年的

腮腺炎"里，筑起了漫长的防波堤。

"愿你的旨意行在地上，如同
行在天上。"航班飞向中东的途中，他的
急性肠胃炎发作，手机的云空间
下载了锡兰的《安纳托利亚往事》：
汽车缓慢行驶在小亚细亚半岛的公路，
寻找凶杀尸体；更慢的，是肠道里蠕动的
乌云。末日阻滞在消化系统的黏膜壁，
他在天上，带着体内微型的地狱飞行，
碳 14 的衰变，氨基和羧基绞缠的雷暴；
飞机温驯得就像天使，带着
他的痉挛飞行，带着他肠胃里
大地上食物的死循环飞行；地球也带着
十小时密闭的航程飞行……高原中央，
夜深了，汽车寻找着手机屏幕的
尽头，把他靠着的舷窗当作电影的尾声。

"我们日用的饮食，今日赐给我们。"
他咽下空乘送来的阿拉伯酸奶，
终于在一阵反胃后呕吐，内志沙漠的
腥味，搅翻了南中国郁热的病毒：
呕出了五脏六腑虚脱的等高线，
飞机穿过的哀牢山、缅甸、孟加拉、
印度洋，流沙一般滤过了喉咙；
呕出了每个清晨醒来时的空气、日光，
好像他总是幸存在最后一天；
呕出了每一家外卖小店的油烟，
夏天秋天冬天春天交叉的道路落花
和败叶的腐殖；呕出了土壤里的汗水

和农药，稻穗里的杂交和转基因，
呕出了四体不勤五谷不分，每一次
聚会时熔铸的群雕和酒精……
这样他才感激着，抽搐过后的空无。

"免我们的债，如同我们免了人的债。"
那天下午飞机降落在马斯喀特，
一座荒漠中孤立的白色城市，在阳光的
奇点上，空疏，辽阔，几乎并不真实。
航班延误，乘客们临时得到十二小时的
阿曼签证。这海市蜃楼的半天
折叠进了他和女友的时间清单，他们
像是闯入了一个虚拟的国家，
关卡刚刚搭建，路人互相发明，
镶嵌着伊斯兰琉璃的七彩墙壁从阴影中
生长出来，深眼窝的小男孩只花了
半小时，就在阿拉伯海的沙滩上长大。
夕照给烟尘四起的建筑工地
加了两块方糖，旅馆的院子分两次看，
一次比一次遥远。他们睡觉时，
影子复原了他们，于是他们把影子押在这里，
只押一个晚上，作为与意外的秘密交换。

飞机再次起航。夜安静得
像集体死去的蜂群，它们似乎找到了
大于自己的事物，找到了宇宙万亿分之一的
无限，无限是拆不完的礼物，每一层
都比上一层更空阔。它们飞着，
飞着，像冷却的岩浆一样坠落。
从他梦的化石里，他进化出了醒来的自己。

窗外，大气澄净，GPS 地图显示：
这是伊朗高原的北部，大地上灯火的
蛛网中心，城市的螯肢捧着黑暗的粮食。
这光芒的颚叶，是一个奇迹诱饵，
经过漫长的垂钓拉他上钩，从梦里，
挣出了水面。他顺着钓线的摆荡，
飞过了土耳其、黑海，在罗马尼亚，
夜色开始消退，匈牙利、奥地利、
德意志、尼德兰，清晨的云廊拆除了
搭建它们的工人。另一架飞机
牵着绯红色的朝霞引线，平行驶过。

那引线是另一个他在飞行，另外的一生，逶迤在
靛蓝的高天与弧形的透明天际线之间，云的
即生即死的烟花。清晨的天宇，
充满了平静的勇气，绯红的仗列朝向葬礼。
那引线与他并排飞行，从舷窗望过去
又像是用高倍显微镜看到的
他的细胞核、他的原子，盲目地振荡于
地上的人和天上的人之间，被他
忘记的人和忘记他的人之间（在两种
遗忘交叉的空地，熟透的葡萄从枝子落下），
昨天的梦和梦见后天的上帝之间，
他迁徙、逃难的先祖和分解他的记忆的
超级人工智能之间，宇宙大爆炸
和第七封印之间，19 岁的跳舞的母亲（那时，
他还是虚无）和 82 岁、下床就像下山
一样艰难的外婆之间。那引线最终
随着地球朝太阳磁场的旋转，消失了。在他的
出发地，已是午后，开洒水车的师傅停下来，

看了看天，似乎一切行人都值得原谅。

"不叫我们遇见试探，救我们脱离
凶恶。"连他隔壁每晚都要发疯，想要把
楼房砸烂的邻居，也值得原谅。女邻居撕碎了
《红楼梦》，撒在楼道里；不停地给她
五岁的儿子网购玩具，然后砸成碎片，不管是
巨人、积木高楼还是太空飞船，沮丧地模拟
末日与毁灭。有一个晚上，她用雅典娜、
海伦和欧律狄克的名字，掺杂着生殖器，
来诅咒人类，语速像一个萨满。只隔一堵墙，
他从没见过邻居的脸，那是星空下绝对的黑暗。
现在，他的家被飞机的弧线抛向远方，
悬崖一般固定。一片云，披着橙黄的光辉，
像通天塔的残垣，与地心保持平衡。窄门
是螺旋状的，是正在坍塌的迷宫入口。
飞机开始下降，英吉利海峡一闪而过。
T.S. 艾略特曾在泰晤士河畔，承受了天国
与地狱的联姻，所以他的墓碑上写着："死者，
用火焰交谈，这火焰远超生者的语言。"
飞机穿过云层，就要着陆，他继续默念："因为
国度，权柄，荣耀，全是你的，直到永远……"

2017.12